O ESPELHO E OUTROS CONTOS MACHADIANOS

O ESPELHO
E OUTROS CONTOS MACHADIANOS

Machado de Assis

ORGANIZAÇÃO
Ivan Marques

ILUSTRAÇÕES
Angelo Abu

editora scipione

Gerência editorial
Sâmia Rios

Responsabilidade editorial
Maria Viana

Edição
Adilson Miguel

Revisão de provas
Gislene de Oliveira, Amanda Valentin,
Erika Ramires e Paula Teixeira

Edição de arte
Marisa Iniesta Martin

Programação visual
Marisa Iniesta Martin

Editoração eletrônica
Negrito Produção Editorial

Iconografia
Léo Burgos

editora scipione

Avenida das Nações Unidas, 7221
Pinheiros
CEP 05425-902 – São Paulo – SP
Tel.: 4003-3061

www.coletivoleitor.com.br
atendimento@aticascipione.com.br

2023
ISBN 978-85-262-7032-9 – AL
CL: 736395
CAE: 240534
1.ª EDIÇÃO
10.ª impressão
Impressão e acabamento
EGB Editora Gráfica Bernardi Ltda

Dados Internacionais de Catalogação na Publicação (CIP)
(Câmara Brasileira do Livro, SP, Brasil)

Assis, Machado de
O espelho e outros contos machadianos/
Machado de Assis; organização Ivan Marques;
ilustrações de Angelo Abu. – São Paulo: Scipione,
2008. (Coleção Literatura & Cia.)

1. Contos brasileiros I. Marques, Ivan. II.
Abu, Angelo. III. Título. IV. Série.

08-05152   CDD-869.93

Índice para catálogo sistemático:
1. Contos: Literatura brasileira   869.93

Textos complementares
Ivan Marques
Adilson Miguel

• • •

Ao comprar um livro, você remunera e
reconhece o trabalho do autor e de muitos
outros profissionais envolvidos na produção e
comercialização das obras: editores, revisores,
diagramadores, ilustradores, gráficos, divulga-
dores, distribuidores, livreiros, entre outros.

Ajude-nos a combater a cópia ilegal! Ela
gera desemprego, prejudica a difusão da cultura
e encarece os livros que você compra.

• • •

SUMÁRIO

Humor e desencanto 6

O espelho 13
O empréstimo 25
Verba testamentária 35
Galeria póstuma 47
O machete 59
Noite de almirante 75
O caso da vara 85
Ideias de canário 95
Umas férias 103

Machado de Assis e a filosofia 113
O pensamento de Machado de Assis 115
Sobre as fontes filosóficas de Machado 122
Machado de Assis – Vida e obra 140
Referências bibliográficas 147

HUMOR E DESENCANTO

Machado de Assis foi considerado já em sua época o maior escritor brasileiro. Cem anos depois de sua morte, além de se manter bravamente no posto, ele rompe fronteiras e conquista cada vez mais leitores do mundo inteiro. A obra renovadora de Machado aos poucos se impõe como uma grande realização da literatura ocidental. O autor impressiona pela acuidade de seu pensamento e pelo estilo refinado e sóbrio — não por acaso ele se consagrou como um dos maiores cultores da língua portuguesa.

Escrever "com a pena da galhofa e a tinta da melancolia" foi a especialidade de Machado. Essa combinação de humor e desencanto é resultado de suas leituras da Bíblia, de filósofos antigos e modernos, das obras de autores como Shakespeare, Cervantes, Pascal e Schopenhauer. Mas certamente se deve também aos percalços de sua condição particular de intelectual de origem humilde, num país escravista e patriarcal. Apesar da linguagem cheia de influências dos séculos anteriores, Machado dirigiu seu olhar aguçado para o que lhe era mais próximo: as relações sociais do Brasil na segunda metade do século XIX. Seu feitio clássico não impediu que ele se tornasse um dos pensadores mais radicais da época. Por trás da nobreza e das marcas do tempo presentes em seus textos, esconde-se uma literatura moderna e ousada. Daí ouvirmos com frequência que Machado foi clássico e moderno, brasileiro e universal.

O autor de *Memórias póstumas de Brás Cubas* e *Dom Casmurro*, entre outros grandes romances, escreveu cerca de duzentos contos. Há quem diga que sua obra como contista é superior à que produziu como romancista. Essas narrativas foram reunidas por Machado em sete volumes: *Contos fluminenses*, *Histórias da meia-noite*, *Papéis avulsos*, *Histórias sem data*, *Várias histórias*, *Páginas recolhidas* e *Relíquias de casa velha*.

Na juventude, Machado de Assis colaborou fartamente em periódicos como o *Jornal das Famílias* e *A Estação*. Nessa época escreveu histórias folhetinescas voltadas para o público feminino — segundo ele, "as páginas mais desambiciosas do mundo". As obras-primas do conto machadiano só viriam à tona após a "crise dos quarenta anos" e o seu famoso renascimento como escritor. A reviravolta, ocorrida no começo da década de 1880, foi explicada por Machado com a afirmação de que "perdera todas as ilusões sobre os homens". É a época dos contos-teorias, que analisam de modo crítico e pessimista temas como o egoísmo, a crueldade, os limites entre a razão e a loucura, o triunfo da aparência sobre a essência.

Esta antologia tem como principal objetivo contribuir para a reflexão sobre a visão de mundo machadiana e suas relações com a história da filosofia. A narrativa que abre o livro é o mais célebre dos contos-teoria de Machado de Assis, "O espelho". Essa "nova teoria da alma humana" trata de um dos problemas fundamentais de sua obra: a identidade. Quem é o personagem Jacobina? Despido do seu papel social, o alferes não possui unidade, e sua existência quase se apaga. A farda, símbolo do *status*, é que lhe dá consistência

— desde, é claro, que outros a vejam, pois o fraco indivíduo não pode dispensar esse espelho.

Diversos contos ensinam que o mais seguro é viver conforme as convenções sociais, desprezando as "leis do coração" (ao contrário do que defendiam os escritores românticos). A grande lição: mais importante do que *ser* é *parecer*. Como revela o conto "Galeria póstuma", a sinceridade é um perigo e pode até inviabilizar a vida social. Todos os personagens precisam fingir, sobretudo os que ocupam as posições mais baixas.

A desigualdade social é a matriz de quase todos os enredos machadianos. No conto "O empréstimo", que gira em torno da avareza e da potência do dinheiro, assistimos à humilhação que sofrem os "fracos", convertidos muitas vezes em hipócritas, enquanto aos "fortes" cabe o papel de cínicos. Os vencidos têm ainda a alternativa da inveja, que soa como uma espécie de protesto no intrigante conto "Verba testamentária". Esse "teatro de desigualdades", conforme observou o crítico Alfredo Bosi, não é distinto da própria natureza, vista como mãe e inimiga no delírio do personagem Brás Cubas e na famosa teoria do *Humanitismo*, elaborada pelo "filósofo" Quincas Borba.

Egoísmo, conservação: eis a lei da natureza e da sociedade. Na relação com o outro, a pessoa que age abertamente é ingênua e se dá mal. Vence quem elege o interesse e a máscara, em detrimento da paixão, como faz a personagem Deolinda, do conto "Noite de Almirante". A traição é comum nessas relações assimétricas, como se vê também em "O machete", conto de 1878 que Machado não chegou a publicar em livro. Nesse texto, o curioso duelo entre o violoncelo e o cavaquinho revela não apenas o processo de substituição da *arte* pelo *passatempo*, mas também o contraste entre a rua (a opinião) e o mundo interior ou doméstico, onde se refugia o artista desprezado pela multidão. Lucrécia, a menina escrava de "O caso da vara", em sua absoluta fragilidade também vive "para dentro" (sem presença no mundo social), pronta a ser sacrificada no embate com os seus senhores.

Além do aprendizado das aparências e do triunfo dos mais fortes, Machado também demonstra com essas narrativas a precariedade da consciência dos personagens e a necessidade de relativizar todas as convicções. Em "Ideias de canário", concebido à moda dos contos filosóficos do século XVIII, ele mostra que a nossa percepção das coisas varia de acordo com a posição que ocupamos. Outro exemplo disso é a transformação das "férias sem gosto" em "alegria sem férias" no conto que fecha esta antologia. "A contradição é deste mundo", repetia sempre Machado. Todas as coisas podem converter-se subitamente em seus contrários. Nada existe além das aparências ou além daquilo que nossos olhos alcançam e que nosso coração almeja. Fora daí, como diz várias vezes o canário, "tudo é ilusão e mentira".

Ivan Marques

O ESPELHO

ESBOÇO DE UMA NOVA
TEORIA DA ALMA HUMANA

Quatro ou cinco cavalheiros debatiam, uma noite, várias questões de alta transcendência, sem que a disparidade dos votos trouxesse a menor alteração aos espíritos. A casa ficava no morro de Santa Teresa, a sala era pequena, alumiada a velas, cuja luz fundia-se misteriosamente com o luar que vinha de fora. Entre a cidade, com as suas agitações e aventuras, e o céu, em que as estrelas pestanejavam, através de uma atmosfera límpida e sossegada, estavam os nossos quatro ou cinco investigadores de coisas metafísicas, resolvendo amigavelmente os mais árduos problemas do universo.

Por que quatro ou cinco? Rigorosamente eram quatro os que falavam; mas, além deles, havia na sala um quinto personagem, calado, pensando, cochilando, cuja espórtula no debate não passava de um ou outro resmungo de aprovação. Esse homem tinha a mesma idade dos companheiros, entre quarenta e cinquenta anos, era provinciano, capitalista, inteligente, não sem instrução, e, ao que parece, astuto e cáustico. Não discutia nunca; e defendia-se da abstenção com um paradoxo, dizendo que a discussão era a forma polida do instinto batalhador, que jaz no homem, como uma herança bestial; e acrescentava que os serafins e os

O espelho
foi publicado originalmente na *Gazeta de Notícias* (1882) e, em seguida, no volume *Papéis avulsos* (1882).

querubins não controvertiam nada, e, aliás, eram a perfeição espiritual e eterna. Como desse esta mesma resposta naquela noite, contestou-lha um dos presentes, e desafiou-o a demonstrar o que dizia, se era capaz. Jacobina (assim se chamava ele) refletiu um instante, e respondeu:

— Pensando bem, talvez o senhor tenha razão.

Vai senão quando, no meio da noite, sucedeu que este casmurro usou da palavra, e não dois ou três minutos, mas trinta ou quarenta. A conversa, em seus meandros, veio a cair na natureza da alma, ponto que dividiu radicalmente os quatro amigos. Cada cabeça, cada sentença; não só o acordo, mas a mesma discussão, tornou-se difícil, senão impossível, pela multiplicidade de questões que se deduziram do tronco principal, e um pouco, talvez, pela inconsistência dos pareceres. Um dos argumentadores pediu ao Jacobina alguma opinião, — uma conjetura, ao menos.

— Nem conjetura, nem opinião, redarguiu ele; uma ou outra pode dar lugar a dissentimento, e, como sabem, eu não discuto. Mas, se querem ouvir-me calados, posso contar-lhes um caso de minha vida, em que ressalta a mais clara demonstração acerca da matéria de que se trata. Em primeiro lugar, não há uma só alma, há duas...

— Duas?

— Nada menos de duas almas. Cada criatura humana traz duas almas consigo: uma que olha de dentro para fora, outra que olha de fora para dentro... Espantem-se à vontade; podem ficar de boca aberta, dar de ombros, tudo; não admito réplica. Se me replicarem, acabo o charuto e vou dormir. A alma exterior pode ser um espírito, um fluido, um homem, muitos homens, um objeto, uma operação. Há casos, por exemplo, em que um simples botão de camisa é a alma exterior de uma pessoa; — e assim também a polca, o voltarete, um livro, uma máquina, um par de botas, uma cavatina, um tambor, etc. Está claro que o ofício dessa segunda alma é transmitir a vida, como a primeira; as duas completam o homem, que é, metafisicamente falando, uma laranja. Quem perde uma das metades, perde naturalmente metade da existência; e casos há, não raros, em que a perda da alma exterior implica a da existência inteira. Shylock, por exemplo. A alma exterior daquele judeu eram os seus ducados; perdê-los equivalia a morrer. "Nunca mais verei o meu ouro, diz ele a Tubal; *é um punhal que me enterras no coração.*"* Vejam bem esta frase; a perda dos ducados, alma exterior, era a morte para ele. Agora, é preciso saber que a alma exterior não é sempre a mesma...

— Não?

— Não, senhor; muda de natureza e de estado. Não aludo a certas almas absorventes, como a pátria, com a qual disse o Camões que morria, e o poder, que foi a alma exterior de César e de Cromwell. São almas enérgicas e exclusivas; mas há outras, embora enérgicas, de natureza mudável. Há cavalheiros, por exemplo, cuja alma exterior, nos primeiros anos, foi um chocalho ou um cavalinho de pau, e mais tarde uma provedoria de irmandade, suponhamos. Pela minha parte, conheço uma senhora, — na verdade, gentilíssima, — que muda de alma exterior cinco, seis vezes por ano. Durante a estação lírica é a ópera; cessando a estação, a alma exterior substitui-se por outra: um concerto, um baile do Cassino, a rua do Ouvidor, Petrópolis...

— Perdão; essa senhora quem é?

— Essa senhora é parenta do diabo, e tem o mesmo nome; chama-se Legião... E assim outros muitos casos. Eu mesmo tenho experimentado dessas trocas. Não as relato, porque iria longe; restrinjo-me ao episódio de que lhes falei. Um episódio dos meus vinte e cinco anos...

Os quatro companheiros, ansiosos de ouvir o caso prometido, esqueceram a controvérsia. Santa curiosidade! tu não és só a alma da civilização, és também o pomo da concórdia, fruta divina, de outro sabor que não aquele pomo da mitologia. A sala, até há pouco ruidosa de física e metafísica, é agora um mar morto; todos os olhos estão no Jacobina, que conserta a ponta do charuto, recolhendo as memórias. Eis aqui como ele começou a narração:

* Shylock é personagem de *O mercador de Veneza*, de Shakespeare. A citação é do ato III, cena 1.

— Tinha vinte e cinco anos, era pobre, e acabava de ser nomeado alferes da Guarda Nacional. Não imaginam o acontecimento que
isto foi em nossa casa. Minha mãe ficou tão orgulhosa! tão contente!
Chamava-me o seu alferes. Primos e tios, foi tudo uma alegria sincera e
pura. Na vila, note-se bem, houve alguns despeitados; choro e ranger de
dentes, como na Escritura; e o motivo não foi outro senão que o posto
tinha muitos candidatos e que estes perderam. Suponho também que
uma parte do desgosto foi inteiramente gratuita: nasceu da simples distinção. Lembra-me de alguns rapazes, que se davam comigo, e passaram
a olhar-me de revés, durante algum tempo. Em compensação, tive muitas pessoas que ficaram satisfeitas com a nomeação; e a prova é que todo
o fardamento me foi dado por amigos... Vai então uma das minhas tias,
D. Marcolina, viúva do capitão Peçanha, que morava a muitas léguas da
vila, num sítio escuso e solitário, desejou ver-me, e pediu que fosse ter
com ela e levasse a farda. Fui, acompanhado de um pajem, que daí a dias
tornou à vila, porque a tia Marcolina, apenas me pilhou no sítio, escreveu a minha mãe dizendo que não me soltava antes de um mês, pelo
menos. E abraçava-me! Chamava-me também o seu alferes. Achava-me
um rapagão bonito. Como era um tanto patusca, chegou a confessar que
tinha inveja da moça que houvesse de ser minha mulher. Jurava que em
toda a província não havia outro que me pusesse o pé adiante. E sempre
alferes; era alferes para cá, alferes para lá, alferes a toda a hora. Eu pedia-
-lhe que me chamasse Joãozinho, como dantes; e ela abanava a cabeça,
bradando que não, que era o "senhor alferes". Um cunhado dela, irmão
do finado Peçanha, que ali morava, não me chamava de outra maneira.
Era o "senhor alferes", não por gracejo, mas a sério, e à vista dos escravos, que naturalmente foram pelo mesmo caminho. Na mesa tinha eu
o melhor lugar, e era o primeiro servido. Não imaginam. Se lhes disser
que o entusiasmo da tia Marcolina chegou ao ponto de mandar pôr no
meu quarto um grande espelho, obra rica e magnífica, que destoava do
resto da casa, cuja mobília era modesta e simples... Era um espelho que

lhe dera a madrinha, e que esta herdara da mãe, que o comprara a uma das fidalgas vindas em 1808 com a corte de D. João VI. Não sei o que havia nisso de verdade; era a tradição. O espelho estava naturalmente muito velho; mas via-se-lhe ainda o ouro, comido em parte pelo tempo, uns delfins esculpidos nos ângulos superiores da moldura, uns enfeites de madrepérola e outros caprichos do artista. Tudo velho, mas bom...

— Espelho grande?

— Grande. E foi, como digo, uma enorme fineza, porque o espelho estava na sala; era a melhor peça da casa. Mas não houve forças que a demovessem do propósito; respondia que não fazia falta, que era só por algumas semanas, e finalmente que o "senhor alferes" merecia muito mais. O certo é que todas essas coisas, carinhos, atenções, obséquios, fizeram em mim uma transformação, que o natural sentimento da mocidade ajudou e completou. Imaginam, creio eu?

— Não.

— O alferes eliminou o homem. Durante alguns dias as duas naturezas equilibraram-se; mas não tardou que a primitiva cedesse à outra; ficou-me uma parte mínima de humanidade. Aconteceu então que a alma exterior, que era dantes o sol, o ar, o campo, os olhos das moças, mudou de natureza, e passou a ser a cortesia e os rapapés da casa, tudo o que me falava do posto, nada do que me falava do homem. A única parte do cidadão que ficou comigo foi aquela que entendia com o exercício da patente; a outra dispersou-se no ar e no passado. Custa-lhes acreditar, não?

— Custa-me até entender, respondeu um dos ouvintes.

— Vai entender. Os fatos explicarão melhor os sentimentos: os fatos são tudo. A melhor definição do amor não vale um beijo de moça namorada; e, se bem me lembro, um filósofo antigo demonstrou o movimento andando. Vamos aos fatos. Vamos ver como, ao tempo em que a consciência do homem se obliterava, a do alferes tornava-se viva e intensa. As dores humanas, as alegrias humanas, se eram só isso, mal obtinham de mim uma compaixão apática ou um sorriso de favor. No fim de três semanas, era outro, totalmente outro. Era exclusivamente alferes. Ora, um dia recebeu a tia Marcolina uma notícia grave; uma de suas filhas, casada com um lavrador residente dali a cinco léguas, estava mal e à morte. Adeus, sobrinho! adeus, alferes! Era mãe extremosa, armou logo uma viagem, pediu ao cunhado que fosse com ela, e a mim que tomasse conta do sítio. Creio que, se não fosse a aflição, disporia o contrário; deixaria o cunhado e iria comigo. Mas o certo é que fiquei só, com os poucos escravos da casa. Confesso-lhes que desde logo senti uma grande opressão, alguma coisa semelhante ao efeito de quatro paredes de um cárcere, subitamente levantadas em torno de mim. Era a alma exterior que se reduzia; estava agora limitada a alguns espíritos boçais. O alferes continuava a dominar em mim, embora a vida fosse menos intensa, e a consciência mais débil. Os escravos punham uma nota de humildade nas suas cortesias, que de certa maneira compensava a afeição dos parentes e a intimidade doméstica interrompida. Notei mesmo, naquela noite, que eles redobravam de respeito, de alegria, de protestos. Nhô alferes de minuto a minuto. Nhô alferes é muito bonito; nhô alferes há de ser coronel; nhô alferes há de casar com moça bonita, filha de general; um concerto de louvores e profecias, que me deixou extático. Ah! pérfidos! mal podia eu suspeitar a intenção secreta dos malvados.

— Matá-lo?

— Antes assim fosse.

— Coisa pior?

— Ouçam-me. Na manhã seguinte achei-me só. Os velhacos, seduzidos por outros, ou de movimento próprio, tinham resolvido fugir durante a noite; e assim fizeram. Achei-me só, sem mais ninguém, entre quatro paredes, diante do terreiro deserto e da roça abandonada. Nenhum fôlego humano. Corri a casa toda, a senzala, tudo, nada, ninguém, um molequinho que fosse. Galos e galinhas tão somente, um

par de mulas, que filosofavam a vida, sacudindo as moscas, e três bois. Os mesmos cães foram levados pelos escravos. Nenhum ente humano. Parece-lhes que isto era melhor do que ter morrido? era pior. Não por medo; juro-lhes que não tinha medo; era um pouco atrevidinho, tanto que não senti nada, durante as primeiras horas. Fiquei triste por causa do dano causado à tia Marcolina; fiquei também um pouco perplexo, não sabendo se devia ir ter com ela, para lhe dar a triste notícia, ou ficar tomando conta da casa. Adotei o segundo alvitre, para não desamparar a casa, e porque, se a minha prima enferma estava mal, eu ia somente aumentar a dor da mãe, sem remédio nenhum; finalmente, esperei que o irmão do tio Peçanha voltasse naquele dia ou no outro, visto que tinham saído havia já trinta e seis horas. Mas a manhã passou sem vestígio dele; e à tarde comecei a sentir uma sensação como de pessoa que houvesse perdido toda a ação nervosa, e não tivesse consciência da ação muscular. O irmão do tio Peçanha não voltou nesse dia, nem no outro, nem em toda aquela semana. Minha solidão tomou proporções enormes. Nunca os dias foram mais compridos, nunca o sol abrasou a terra com uma obstinação mais cansativa. As horas batiam de século a século, no velho relógio da sala, cuja pêndula, *tic-tac tic-tac*, feria-me a alma interior, como um piparote contínuo da eternidade. Quando, muitos anos depois, li uma poesia americana, creio que de Longfellow, e topei este famoso estribilho: *Never, for ever! — For ever, never!** confesso-lhes que tive um calafrio: recordei-me daqueles dias medonhos. Era justamente assim que fazia o relógio da tia Marcolina: — *Never, for ever! — For ever, never!* Não eram golpes de pêndula, era um diálogo do abismo, um cochicho do nada. E então de noite! Não que a noite fosse mais silenciosa. O silêncio era o mesmo que de dia. Mas a noite era a sombra, era a solidão ainda mais estreita ou mais larga. *Tic-tac, tic-tac*. Ninguém nas salas, na varanda, nos corredores, no terreiro, ninguém em parte nenhuma... Riem-se?

— Sim, parece que tinha um pouco de medo.

* "Nunca, para sempre! — Para sempre, nunca!": versos do poema "The old clock on the stair" ("O velho relógio da escada"), do poeta americano Henry Wadsworth Longfellow (1807-1882).

— Oh! fora bom se eu pudesse ter medo! Viveria. Mas o característico daquela situação é que eu nem sequer podia ter medo, isto é, o medo vulgarmente entendido. Tinha uma sensação inexplicável. Era como um defunto andando, um sonâmbulo, um boneco mecânico. Dormindo, era outra coisa. O sono dava-me alívio, não pela razão comum de ser irmão da morte, mas por outra. Acho que posso explicar assim esse fenômeno: — o sono, eliminando a necessidade de uma alma exterior, deixava atuar a alma interior. Nos sonhos, fardava-me, orgulhosamente, no meio da família e dos amigos, que me elogiavam o garbo, que me chamavam alferes; vinha um amigo de nossa casa, e prometia-me o posto de tenente, outro o de capitão ou major; e tudo isso fazia-me viver. Mas quando acordava, dia claro, esvaía-se com o sono, a consciência do meu ser novo e único, — porque a alma interior perdia a ação exclusiva, e ficava dependente da outra, que teimava em não tornar... Não tornava. Eu saía fora, a um lado e outro, a ver se descobria algum sinal de regresso. *Soeur Anne, soeur Anne, ne vois-tu rien venir?** Nada, coisa nenhuma; tal qual como na lenda francesa. Nada mais do que a poeira da estrada e o capinzal dos morros. Voltava para casa, nervoso, desesperado, estirava-me no canapé da sala. *Tic-tac, tic-tac.* Levantava-me, passeava, tamborilava nos vidros das janelas, assobiava. Em certa ocasião lembrei-me de escrever alguma coisa, um artigo político, um romance, uma ode; não escolhi nada definitivamente; sentei-me e tracei no papel algumas palavras e frases soltas, para intercalar no estilo. Mas o estilo, como a tia Marcolina, deixava-se estar. *Soeur Anne, soeur Anne...* Coisa nenhuma. Quando muito via negrejar a tinta e alvejar o papel.

— Mas não comia?

— Comia mal, frutas, farinha, conservas, algumas raízes tostadas ao fogo, mas suportaria tudo alegremente, se não fora a terrível situação moral em que me achava. Recitava versos, discursos, trechos latinos, liras de Gonzaga, oitavas de Camões, décimas, uma antologia em trinta volumes. Às vezes fazia ginástica; outra dava beliscões nas pernas; mas

* "Minha irmã Anne, minha irmã Anne, não vês nada?": citação de "O Barba-Azul", de Charles Perrault (1628-1703). Nesse conto, a heroína, ameaçada de morte pelo marido, pergunta o tempo todo à irmã se os irmãos estão vindo salvá-la.

o efeito era só uma sensação física de dor ou de cansaço, e mais nada. Tudo silêncio, um silêncio vasto, enorme, infinito, apenas sublinhado pelo eterno *tic-tac* da pêndula. *Tic-tac, tic-tac...*

— Na verdade, era de enlouquecer.

— Vão ouvir coisa pior. Convém dizer-lhes que, desde que ficara só, não olhara uma só vez para o espelho. Não era abstenção deliberada, não tinha motivo; era um impulso inconsciente, um receio de achar-me um e dois, ao mesmo tempo, naquela casa solitária; e se tal explicação é verdadeira, nada prova melhor a contradição humana, porque no fim de oito dias deu-me na veneta de olhar para o espelho com o fim justamente de achar-me dois. Olhei e recuei. O próprio vidro parecia conjurado com o resto do universo; não me estampou a figura nítida e inteira, mas vaga, esfumada, difusa, sombra de sombra. A realidade das leis físicas não permite negar que o espelho reproduziu-me textualmente, com os mesmos contornos e feições; assim devia ter sido. Mas tal não foi a minha sensação. Então tive medo; atribuí o fenômeno à excitação nervosa em que andava; receei ficar mais tempo, e enlouquecer. — Vou-me embora, disse comigo. E levantei o braço com gesto de mau humor, e ao mesmo tempo de decisão, olhando para o vidro; o gesto lá estava, mas disperso, esgaçado, mutilado... Entrei a vestir-me, murmurando comigo, tossindo sem tosse, sacudindo a roupa com estrépito, afligindo-me a frio com os botões, para dizer alguma coisa. De quando em quando, olhava furtivamente para o espelho; a imagem era a mesma difusão de linhas, a mesma decomposição de contornos... Continuei a vestir-me. Subitamente por uma inspiração inexplicável, por um impulso sem cálculo, lembrou--me... Se forem capazes de adivinhar qual foi a minha ideia...

— Diga.

— Estava a olhar para o vidro, com uma persistência de desesperado, contemplando as próprias feições derramadas e inacabadas, uma nuvem de linhas soltas, informes, quando tive o pensamento... Não, não são capazes de adivinhar.

— Mas, diga, diga.

— Lembrou-me vestir a farda de alferes. Vesti-a, aprontei-me de todo; e, como estava defronte do espelho, levantei os olhos, e... não lhes digo nada; o vidro reproduziu então a figura integral; nenhuma linha de menos, nenhum contorno diverso; era eu mesmo, o alferes, que achava, enfim, a alma exterior. Essa alma ausente com a dona do sítio, dispersa e fugida com os escravos, ei-la recolhida no espelho. Imaginai um homem que, pouco a pouco, emerge de um letargo, abre os olhos sem ver, depois começa a ver, distingue as pessoas dos objetos, mas não conhece individualmente uns nem outros; enfim, sabe que este é Fulano, aquele é Sicrano; aqui está uma cadeira, ali um sofá. Tudo volta ao que era antes do sono. Assim foi comigo. Olhava para o espelho, ia de um lado para outro, recuava, gesticulava, sorria e o vidro exprimia tudo. Não era mais um autômato, era um ente animado. Daí em diante, fui outro. Cada dia, a uma certa hora, vestia-me de alferes, e sentava-me diante do espelho, lendo, olhando, meditando; no fim de duas, três horas, despia-me outra vez. Com este regime pude atravessar mais seis dias de solidão sem os sentir...

Quando os outros voltaram a si, o narrador tinha descido as escadas.

O EMPRÉSTIMO

Vou divulgar uma anedota, mas uma anedota no genuíno sentido do vocábulo, que o vulgo ampliou às historietas de pura invenção. Esta é verdadeira; podia citar algumas pessoas que a sabem tão bem como eu. Nem ela andou recôndita, senão por falta de um espírito repousado, que lhe achasse a filosofia. Como deveis saber, há em todas as coisas um sentido filosófico. Carlyle* descobriu o dos coletes, ou, mais propriamente, o do vestuário; e ninguém ignora que os números, muito antes da loteria do Ipiranga, formavam o sistema de Pitágoras. Pela minha parte creio ter decifrado este caso de empréstimo; ides ver se me engano.

E, para começar, emendemos Sêneca.** Cada dia, ao parecer daquele moralista, é, em si mesmo, uma vida singular; por outros termos, uma vida dentro da vida. Não digo que não; mas por que não acrescentou ele, que muitas vezes uma só hora é a representação de uma vida inteira? Vede este rapaz: entra no mundo com uma grande ambição, uma pasta de ministro, um banco, uma coroa de visconde, um báculo pastoral. Aos cinquenta anos, vamos achá-lo simples apontador de alfândega, ou sacristão da roça. Tudo isso que se passou em trinta anos, pode algum Balzac metê-lo em trezentas páginas; por que não há de a vida, que foi a mestra de Balzac, apertá-lo em trinta ou sessenta minutos?

O empréstimo foi publicado originalmente na *Gazeta de Notícias* (1882) e, em seguida, no volume *Papéis avulsos* (1882).

* Thomas Carlyle (1795-1881) foi um escritor e historiador escocês.

** Sêneca (cerca de 4 a.C.-65 d.C.) foi um filósofo romano.

Tinham batido quatro horas no cartório do tabelião Vaz Nunes, à rua do Rosário. Os escreventes deram ainda as últimas penadas: depois limparam as penas de ganso na ponta de seda preta que pendia da gaveta ao lado; fecharam as gavetas, concertaram os papéis, arrumaram os autos e os livros, lavaram as mãos; alguns que mudavam de paletó à entrada, despiram o do trabalho e enfiaram o da rua; todos saíram. Vaz Nunes ficou só.

Este honesto tabelião era um dos homens mais perspicazes do século. Está morto: podemos elogiá-lo à vontade. Tinha um olhar de lanceta, cortante e agudo. Ele adivinhava o caráter das pessoas que o buscavam para escriturar os seus acordos e resoluções; conhecia a alma de um testador muito antes de acabar o testamento; farejava as manhas secretas e os pensamentos reservados. Usava óculos, como todos os tabeliães de teatro; mas, não sendo míope, olhava por cima deles, quando queria ver, e através deles, se pretendia não ser visto. Finório como ele só, diziam os escreventes. Em todo o caso, circunspecto. Tinha cinquenta anos, era viúvo, sem filhos, e, para falar como alguns outros serventuários, roía muito caladinho os seus duzentos contos de réis.

— Quem é? perguntou ele de repente, olhando para a porta da rua.

Estava à porta, parado na soleira, um homem que ele não conheceu logo, e mal pôde reconhecer daí a pouco. Vaz Nunes pediu-lhe o favor de entrar; ele obedeceu, cumprimentou-o, estendeu-lhe a mão, e sentou-se na cadeira ao pé da mesa. Não trazia o acanho natural a um pedinte; ao contrário, parecia que não vinha ali senão para dar ao tabelião alguma coisa preciosíssima e rara. E, não obstante, Vaz Nunes estremeceu e esperou.

— Não se lembra de mim?

— Não me lembro...

— Estivemos juntos uma noite, há alguns meses, na Tijuca... Não se lembra? Em casa do Teodorico, aquela grande ceia de Natal; por sinal que lhe fiz uma saúde... Veja se se lembra do Custódio.

— Ah!

Custódio endireitou o busto, que até então inclinara um pouco. Era um homem de quarenta anos. Vestia pobremente, mas escovado, apertado, correto. Usava unhas longas, curadas com esmero, e tinha as mãos muito bem talhadas, macias, ao contrário da pele do rosto, que era agreste. Notícias mínimas, e aliás necessárias ao complemento de um certo ar duplo que distinguia este homem, um ar de pedinte e general. Na rua, andando, sem almoço e sem vintém, parecia levar após si um exército. A causa não era outra mais do que o contraste entre a natureza e a situação, entre a alma e a vida. Esse Custódio nascera com a vocação da riqueza, sem a vocação do trabalho. Tinha o instinto das elegâncias, o amor do supérfluo, da boa chira, das belas damas, dos tapetes finos, dos móveis raros, um voluptuoso, e, até certo ponto, um artista, capaz de reger a vila Torloni ou a galeria Hamilton.* Mas não tinha dinheiro; nem dinheiro, nem aptidão ou pachorra de o ganhar; por outro lado, precisava viver. *Il faut bien que je vive*, dizia um pretendente ao ministro Talleyrand. *Je n'en vois pas la nécessité*, redarguiu friamente o ministro.** Ninguém dava essa resposta ao Custódio; davam-lhe dinheiro, um dez, outro cinco, outro vinte mil-réis, e de tais espórtulas é que ele principalmente tirava o albergue e a comida.

Digo que principalmente vivia delas, porque o Custódio não recusava meter-se em alguns negócios, com a condição de os escolher, e escolhia sempre os que não prestavam para nada. Tinha o faro das catástrofes. Entre vinte empresas, adivinhava logo a insensata, e metia ombros a ela, com resolução. O caiporismo, que o perseguia, fazia com que as dezenove prosperassem, e a vigésima lhe estourasse nas mãos. Não importa; aparelhava-se para outra.

Agora, por exemplo, leu um anúncio de alguém que pedia um sócio, com cinco contos de réis, para entrar em certo negócio, que prometia dar, nos primeiros seis meses, oitenta a cem contos de lucro. Custódio foi ter com o anunciante. Era uma grande ideia, uma fábrica

* Referências a importantes coleções de obras de arte da época.

** "Mas é preciso que eu viva"; "Não vejo necessidade disso". Charles Maurice de Talleyrand-Perigord (1754-1838) foi um diplomata francês, famoso por se adaptar facilmente a qualquer regime político.

de agulhas, indústria nova, de imenso futuro. E os planos, os desenhos da fábrica, os relatórios de Birmingham, os mapas de importação, as respostas dos alfaiates, dos donos de armarinho, etc., todos os documentos de um longo inquérito passavam diante dos olhos de Custódio, estrelados de algarismos, que ele não entendia, e que por isso mesmo lhe pareciam dogmáticos. Vinte e quatro horas; não pedia mais de vinte e quatro horas para trazer os cinco contos. E saiu dali, cortejado, amimado pelo anunciante, que, ainda à porta, o afogou numa torrente de saldos. Mas os cinco contos, menos dóceis ou menos vagabundos que os cinco mil-réis, sacudiam incredulamente a cabeça, e deixavam-se estar nas arcas, tolhidos de medo e de sono. Nada. Oito ou dez amigos, a quem falou, disseram que nem dispunham agora da soma pedida, nem acreditavam na fábrica. Tinha perdido as esperanças, quando aconteceu subir a rua do Rosário e ler no portal de um cartório o nome Vaz Nunes. Estremeceu de alegria; recordou a Tijuca, as maneiras do tabelião, as frases com que ele lhe respondeu ao brinde, e disse consigo, que este era o salvador da situação.

— Venho pedir-lhe uma escritura...

Vaz Nunes, armado para outro começo, não respondeu; espiou por cima dos óculos e esperou.

— Uma escritura de gratidão, explicou o Custódio; venho pedir-lhe um grande favor, um favor indispensável, e conto que o meu amigo...

— Se estiver nas minhas mãos...

— O negócio é excelente, note-se bem; um negócio magnífico. Nem eu me metia a incomodar os outros sem certeza do resultado. A coisa está pronta; foram já encomendas para a Inglaterra; e é provável que dentro de dois meses esteja tudo montado, é uma indústria nova. Somos três sócios; a minha parte são cinco contos. Venho pedir-lhe esta quantia, a seis meses, — ou a três, com juro módico...

— Cinco contos?

— Sim, senhor.

— Mas, Sr. Custódio, não posso, não disponho de tão grande quantia. Os negócios andam mal; e ainda que andassem muito bem, não poderia dispor de tanto. Quem é que pode esperar cinco contos de um modesto tabelião de notas?

— Ora, se o senhor quisesse...

— Quero, decerto; digo-lhe que se se tratasse de uma quantia pequena, acomodada aos meus recursos, não teria dúvida em adiantá-la. Mas cinco contos! Creia que é impossível.

A alma do Custódio caiu de bruços. Subira pela escada de Jacó até o céu; mas em vez de descer como os anjos no sonho bíblico, rolou abaixo e caiu de bruços. Era a última esperança; e justamente por ter sido inesperada, é que ele supôs que fosse certa, pois, como todos os corações que se entregam ao regime do eventual, o do Custódio era supersticioso. O pobre-diabo sentiu enterrarem-se-lhe no corpo os milhões de agulhas que a fábrica teria de produzir no primeiro semestre. Calado, com os olhos no chão, esperou que o tabelião continuasse, que compadecesse, que lhe desse alguma aberta; mas o tabelião, que lia isso mesmo na alma do Custódio, estava também calado, girando entre os dedos a boceta de rapé, respirando grosso, com um certo chiado nasal e implicante. Custódio ensaiou todas as atitudes, ora pedinte, ora general. O tabelião não se mexia. Custódio ergueu-se.

— Bem, disse ele, com uma pontazinha de despeito, há de perdoar o incômodo...

— Não há que perdoar; eu é que lhe peço desculpa de não poder servi-lo, como desejava. Repito: se fosse alguma quantia menos avultada, muito menos, não teria dúvida; mas...

Estendeu a mão ao Custódio, que com a esquerda pegara maquinalmente no chapéu. O olhar empanado do Custódio exprimia a absorção da alma dele, apenas convalescida da queda, que lhe tirara as últimas energias. Nenhuma escada misteriosa, nenhum céu; tudo voara a um piparote do tabelião. Adeus, agulhas! A realidade veio tomá-lo outra vez com as suas unhas de bronze. Tinha de voltar ao precário, ao adventício, às velhas contas, com os grandes zeros arregalados e os cifrões retorcidos à laia de orelhas, que continuariam a fitá-lo e a ouvi-lo, a ouvi-lo e a fitá-lo, alongando para ele os algarismos implacáveis de fome. Que queda! e que abismo! Desenganado, olhou para o tabelião com um gesto de despedida; mas, uma ideia súbita clareou-lhe a noite do cérebro. Se a quantia fosse menor, Vaz Nunes poderia servi-la, e com prazer; por que não seria uma quantia menor? Já agora abria mão da empresa; mas não podia fazer o mesmo a uns aluguéis atrasados, a dois ou três credores, etc., e uma soma razoável, quinhentos mil-réis, por exemplo, uma vez que o tabelião tinha a boa vontade de emprestar-lhos, vinham a ponto. A alma do Custódio empertigou-se; vivia do presente, nada queria saber do passado, nem saudades, nem temores, nem remorsos. O presente era tudo. O presente eram os quinhentos mil-réis, que ele ia ver surdir da algibeira do tabelião, como um alvará de liberdade.

— Pois bem, disse ele, veja o que me pode dar, e eu irei ter com outros amigos... Quanto?

— Não posso dizer nada a este respeito, porque realmente só uma coisa muito modesta.

— Quinhentos mil-réis?

— Não; não posso.

— Nem quinhentos mil-réis?

— Nem isso, replicou firme o tabelião. De que se admira? Não lhe nego que tenho algumas propriedades; mas, meu amigo, não ando com elas no bolso; e tenho certas obrigações particulares... Diga-me, não está empregado?

— Não, senhor.

— Olhe; dou-lhe coisa melhor do que quinhentos mil-réis; falarei ao ministro da Justiça, tenho relações com ele, e...

Custódio interrompeu-o, batendo uma palmada no joelho. Se foi um movimento natural, ou uma diversão astuciosa para não conversar do emprego, é o que totalmente ignoro; nem parece que seja essencial ao caso. O essencial é que ele teimou na súplica. Não podia dar quinhentos mil-réis? Aceitava duzentos; bastavam-lhe duzentos, não para a empresa, pois adotava o conselho dos amigos: ia recusá-la. Os duzentos mil-réis, visto que o tabelião estava disposto a ajudá-lo, eram para uma necessidade urgente, — "tapar um buraco". E então relatou tudo, respondeu à franqueza com franqueza: era a regra da sua vida. Confessou que, ao tratar da grande empresa, tivera em mente acudir também a um credor pertinaz, um diabo, um judeu, que rigorosamente ainda lhe devia, mas tivera a aleivosia de trocar de posição. Eram duzentos e poucos mil-réis; e dez, parece, mas aceitava duzentos...

— Realmente, custa-me repetir-lhe o que disse; mas, enfim, nem os duzentos mil-réis posso dar. Cem mesmo, se o senhor os pedisse, estão acima das minhas forças nesta ocasião. Noutra pode ser, e não tenho dúvida, mas agora...

— Não imagina os apuros em que estou!

— Nem cem, repito. Tenho tido muitas dificuldades nestes últimos tempos. Sociedades, subscrições, maçonaria... Custa-lhe crer, não é? Naturalmente: um proprietário. Mas, meu amigo, é muito bom ter casas: o senhor é que não conta os estragos, os consertos, as penas-d'água, as décimas, o seguro, os calotes, etc. São os buracos do pote, por onde vai a maior parte da água...

— Tivesse eu um pote! suspirou Custódio.

— Não digo que não. O que digo é que não basta ter casas para não ter cuidados, despesas, e até credores... Creia o senhor que também eu tenho credores.

— Nem cem mil-réis!

— Nem cem mil-réis, pesa-me dizê-lo, mas é a verdade. Nem cem mil-réis. Que horas são?

Levantou-se, e veio ao meio da sala. Custódio veio também, arrastado, desesperado. Não podia acabar de crer que o tabelião não tivesse ao menos cem mil-réis. Quem é que não tem cem mil-réis consigo? Cogitou uma cena patética, mas o cartório abria para a rua; seria ridículo. Olhou para fora. Na loja fronteira, um sujeito apreçava uma sobrecasaca, à porta, porque entardecia depressa, e o interior era escuro. O caixeiro segurava a obra no ar; o freguês examinava o pano com a vista e com os dedos, depois as costuras, o forro... Este incidente rasgou-lhe um horizonte novo, embora modesto; era tempo de aposentar o paletó que trazia. Mas nem cinquenta mil-réis podia dar-lhe o tabelião. Custódio sorriu; — não de desdém, não de raiva, mas de amargura e dúvida; era impossível que ele não tivesse cinquenta mil-réis. Vinte, ao menos? Nem vinte. Nem vinte! Não; falso tudo; tudo mentira.

Custódio tirou o lenço, alisou o chapéu devagarinho; depois guardou o lenço, concertou a gravata, com um ar misto de esperança e despeito. Viera cerceando as asas à ambição, pluma a pluma; restava ainda uma penugem curta e fina, que lhe metia umas veleidades de voar. Mas o outro, nada. Vaz Nunes cotejava o relógio da parede com o do bolso, chegava este ao ouvido, limpava o mostrador, calado, transpirando por todos os poros impaciência e fastio. Estavam a pingar as cinco; deram, enfim, e o tabelião que as esperava, desengatilhou a despedida. Era tarde; morava longe. Dizendo isto, despiu o paletó de alpaca, e vestiu o de casimira, mudou de um para outro a boceta de rapé, o lenço, a carteira... Oh! a carteira! Custódio viu esse utensílio problemático, apalpou-o com os olhos, invejou a alpaca, invejou a casimira, quis ser algibeira, quis ser o couro, a matéria mesma do precioso receptáculo. Lá vai ela; mergulhou de todo no bolso do peito esquerdo; o tabelião abotoou-se. Nem vinte mil-réis! Era impossível que não levasse ali vinte mil-réis, pensava ele; não diria duzentos, mas vinte, dez que fossem...

— Pronto! disse-lhe Vaz Nunes, com o chapéu na cabeça.

Era o fatal instante. Nenhuma palavra do tabelião, um convite ao menos, para jantar; nada; findara tudo. Mas os momentos supremos pedem energias supremas. Custódio sentiu toda a força deste lugar-

-comum, e, súbito, como um tiro, perguntou ao tabelião se não lhe podia dar ao menos dez mil-réis.

— Quer ver?

E o tabelião desabotoou o paletó, tirou a carteira, abriu-a, e mostrou-lhe duas notas de cinco mil-réis.

— Não tenho mais, disse ele; o que posso fazer é reparti-los com o senhor; dou-lhe uma de cinco, e fico com a outra; serve-lhe?

Custódio aceitou os cinco mil-réis, não triste, ou de má cara, mas risonho, palpitante, como se viesse de conquistar a Ásia Menor. Era o jantar certo. Estendeu a mão ao outro, agradeceu-lhe o obséquio, despediu-se até breve, — um *até breve* cheio de afirmações implícitas. Depois saiu; o pedinte esvaiu-se à porta do cartório; o general é que foi por ali abaixo, pisando rijo, encarando fraternalmente os ingleses do comércio que subiam a rua para se transportarem aos arrabaldes. Nunca o céu lhe pareceu tão azul, nem a tarde tão límpida; todos os homens traziam na retina a alma da hospitalidade. Com a mão esquerda no bolso das calças, ele apertava amorosamente os cinco mil-réis, resíduo de uma grande ambição, que ainda há pouco saíra contra o sol, num ímpeto de águia, e ora batia modestamente as asas de frango rasteiro.

VERBA TESTAMENTÁRIA

"... Item, é minha última vontade que o caixão em que o meu corpo houver de ser enterrado, seja fabricado em casa de Joaquim Soares, à rua da Alfândega. Desejo que ele tenha conhecimento desta disposição, que também será pública. Joaquim Soares não me conhece; mas é digno da distinção, por ser dos nossos melhores artistas, e um dos homens mais honrados da nossa terra..."

Cumpriu-se à risca esta verba testamentária. Joaquim Soares fez o caixão em que foi metido o corpo do pobre Nicolau B. de C.; fabricou-o ele mesmo, *con amore*; e, no fim, por um movimento cordial, pediu licença para não receber nenhuma remuneração. Estava pago; o favor do defunto era em si mesmo um prêmio insigne. Só desejava uma coisa: a cópia autêntica da verba. Deram-lha; ele mandou-a encaixilhar e pendurar de um prego, na loja. Os outros fabricantes de caixões, passado o assombro, clamaram que o testamento era um despropósito. Felizmente, — e esta é uma das vantagens do estado social, — felizmente, todas as demais classes acharam que aquela mão, saindo do abismo para abençoar a obra de um operário modesto, praticara uma ação rara e magnânima. Era em 1855; a população estava mais conchegada; não se falou de

Verba testamentária foi publicado originalmente na *Gazeta de Notícias* (1882) e, em seguida, no volume *Papéis avulsos* (1882).

outra coisa. O nome do Nicolau reboou por muitos dias na imprensa da corte, donde passou à das províncias. Mas a vida universal é tão variada, os sucessos acumulam-se em tanta multidão, e com tal presteza, e, finalmente, a memória dos homens é tão frágil, que um dia chegou em que a ação de Nicolau mergulhou de todo no olvido.

Não venho restaurá-la. Esquecer é uma necessidade. A vida é uma lousa, em que o destino, para escrever um novo caso, precisa apagar o caso escrito. Obra de lápis e esponja. Não, não venho restaurá-la. Há milhares de ações tão bonitas, ou ainda mais bonitas do que a do Nicolau, e comidas do esquecimento. Venho dizer que a verba testamentária não é um efeito sem causa; venho mostrar uma das maiores curiosidades mórbidas deste século.

Sim, leitor amado, vamos entrar em plena patologia. Esse menino que aí vês, nos fins do século passado (em 1855, quando morreu, tinha o Nicolau sessenta e oito anos), esse menino não é um produto são, não é um organismo perfeito. Ao contrário, desde os mais tenros anos, manifestou por atos reiterados que há nele algum vício interior, alguma falha orgânica. Não se pode explicar de outro modo a obstinação com que ele corre a destruir os brinquedos dos outros meninos, não digo os que são iguais aos dele, ou ainda inferiores, mas os que são melhores ou mais ricos. Menos ainda se compreende que, nos casos em que o brinquedo é único, ou somente raro, o jovem Nicolau console a vítima com dois ou três pontapés; nunca menos de um. Tudo isso é obscuro. Culpa do pai não pode ser. O pai era um honrado negociante ou comissário (a maior parte das pessoas a que aqui se dá o nome de comerciantes, dizia o marquês de Lavradio,* nada mais são que uns simples comissários), que viveu com certo luzimento, no último quartel do século, homem ríspido, austero, que admoestava o filho, e, sendo necessário, castigava-o. Mas nem admoestações, nem castigos, valiam nada. O impulso interior do Nicolau era mais eficaz do que todos os bastões paternos; e, uma ou duas vezes por semana, o pequeno reincidia no mesmo delito.

* Luís de Almeida Soares Portugal de Alarcão Eça e Melo, o marquês de Lavradio (1729-90), foi vice-rei do Brasil entre 1769 e 1779.

Os desgostos da família eram profundos. Deu-se mesmo um caso, que, por suas gravíssimas consequências, merece ser contado.

O vice-rei, que era então o conde de Resende, andava preocupado com a necessidade de construir um cais na praia de D. Manuel. Isto, que seria hoje um simples episódio municipal, era naquele tempo, atentas as proporções escassas da cidade, uma empresa importante. Mas o vice-rei não tinha recursos; o cofre público mal podia acudir às urgências ordinárias. Homem de estado, e provavelmente filósofo, engendrou um expediente não menos suave que profícuo: distribuir, a troco de donativos pecuniários, postos de capitão, tenente e alferes. Divulgada a resolução, entendeu o pai do Nicolau que era ocasião de figurar, sem perigo, na galeria militar do século, ao mesmo tempo que desmentia uma doutrina bramânica. Com efeito, está nas leis de Manu,* que dos braços de Brama nasceram os guerreiros, e do ventre os agricultores e comerciantes; o pai do Nicolau, adquirindo o despacho de capitão, corrigia esse ponto da anatomia gentílica. Outro comerciante, que com ele competia em tudo, embora familiares e amigos, apenas teve notícia do despacho, foi também levar a sua pedra ao cais. Desgraçadamente, o despeito de ter ficado atrás alguns dias, sugeriu-lhe um arbítrio de mau gosto e, no nosso caso, funesto; foi assim que ele pediu ao vice-rei outro posto de oficial do cais (tal era o nome dado aos agraciados por aquele motivo) para um filho de sete anos. O vice--rei hesitou; mas o pretendente, além de duplicar o donativo, meteu grandes empenhos, e o menino saiu nomeado alferes. Tudo correu em segredo; o pai de Nicolau só teve notícia do caso no domingo próximo, na igreja do Carmo, ao ver os dois, pai e filho, vindo o menino com uma fardinha, que, por galanteria, lhe meteram no corpo. Nicolau, que também ali estava, fez-se lívido; depois, num ímpeto, atirou-se sobre o jovem alferes e rasgou-lhe a farda, antes que os pais pudessem acudir. Um escândalo. O rebuliço do povo, a indignação dos devotos, as queixas do agredido, interromperam por alguns instantes as cerimônias

*Escritas entre os séculos II a.C. e II d.C., na época clássica hindu, as leis de Manu tratam da relação entre os atos dos homens neste mundo e a vida que teriam após a morte.

eclesiásticas. Os pais trocaram algumas palavras acerbas, fora, no adro, e ficaram brigados para todo o sempre.

— Este rapaz há de ser a nossa desgraça! bradava o pai de Nicolau, em casa, depois do episódio.

Nicolau apanhou então muita pancada, curtiu muita dor, chorou, soluçou; mas de emenda coisa nenhuma. Os brinquedos dos outros meninos não ficaram menos expostos. O mesmo passou a acontecer às roupas. Os meninos mais ricos do bairro não saíam fora senão com as mais modestas vestimentas caseiras, único modo de escapar às unhas de Nicolau. Com o andar do tempo, estendeu ele a aversão às próprias caras, quando eram bonitas, ou tidas como tais. A rua em que ele residia, contava um sem-número de caras quebradas, arranhadas, conspurcadas. As coisas chegaram a tal ponto, que o pai resolveu trancá-lo em casa durante uns três ou quatro meses. Foi um paliativo, e, como tal, excelente. Enquanto durou a reclusão, Nicolau mostrou--se nada menos que angélico; fora daquele sestro mórbido, era meigo, dócil, obediente, amigo da família, pontual nas rezas. No fim dos quatro meses, o pai soltou-o; era tempo de o meter com um professor de leitura e gramática.

— Deixe-o comigo, disse o professor; deixe-o comigo, e com esta (apontava para a palmatória)... Com esta, é duvidoso que ele tenha vontade de maltratar os companheiros.

Frívolo! três vezes frívolo professor! Sim, não há dúvida, que ele conseguiu poupar os meninos bonitos e as roupas vistosas, castigando as primeiras investidas do pobre Nicolau; mas em que é que este sarou da moléstia? Ao contrário, obrigado a conter-se, a engolir o impulso, padecia dobrado, fazia-se mais lívido, com reflexos de verde bronze; em certos casos, era compelido a voltar os olhos ou fechá-los, para não arrebentar, dizia ele. Por outro lado, se deixou de perseguir os mais graciosos ou melhor adornados, não perdoou aos que se mostravam mais adiantados no estudo; espancava-os, tirava-lhes os livros, e lançava-os fora, nas praias ou no mangue. Rixas, sangue, ódios, tais eram os frutos da vida, para ele, além das dores cruéis que padecia, e que a família teimava em não entender. Se acrescentarmos que ele não pôde estudar nada seguidamente, mas a trancos, e mal, como os vagabundos comem, nada fixo, nada metódico, teremos visto algumas das dolorosas consequências do fato mórbido, oculto e desconhecido. O pai, que sonhava para o filho a Universidade, vendo-se obrigado a estrangular mais essa ilusão, esteve prestes a amaldiçoá-lo; foi a mãe que o salvou.

Saiu um século, entrou outro, sem desaparecer a lesão do Nicolau. Morreu-lhe o pai em 1807 e a mãe em 1809; a irmã casou com um médico holandês, treze meses depois. Nicolau passou a viver só. Tinha vinte e três anos; era um dos petimetres da cidade, mas um singular petimetre, que não podia encarar nenhum outro, ou fosse mais gentil de feições, ou portador de algum colete especial sem padecer uma dor violenta, tão violenta, que o obrigava às vezes a trincar o beiço até deitar sangue. Tinha ocasiões de cambalear; outras de escorrer-lhe pelo canto da boca um fio quase imperceptível de espuma. E o resto não era menos cruel. Nicolau ficava então ríspido; em casa achava tudo mau, tudo incômodo, tudo nauseabundo; feria a cabeça aos escravos com os pratos, que iam partir-se também, e perseguia os cães, a pontapés; não sossegava dez minutos, não comia, ou comia mal. Enfim dormia; e ainda bem que dormia. O sono reparava tudo. Acordava lhano e meigo, alma de patriarca, beijando os cães entre as orelhas, deixando-se lamber por eles, dando-lhes do melhor que tinha, chamando aos escravos as coisas mais familiares e ternas. E tudo, cães e escravos, esqueciam as pancadas da véspera, e acudiam às vozes dele obedientes, namorados, como se este fosse o verdadeiro senhor, e não o outro.

Um dia, estando ele em casa da irmã, perguntou-lhe esta por que motivo não adotava uma carreira qualquer, alguma coisa em que se ocupasse, e...

— Tens razão, vou ver, disse ele.

Interveio o cunhado e opinou por um emprego na diplomacia. O cunhado principiava a desconfiar de alguma doença e supunha que a mudança de clima bastava a restabelecê-lo. Nicolau arranjou uma carta de apresentação, e foi ter com o ministro de estrangeiros. Achou-o rodeado de alguns oficiais da secretaria, prestes a ir ao paço, levar a notícia da segunda queda de Napoleão, notícia que chegara alguns minutos antes. A figura do ministro, as circunstâncias do momento, as reverências dos oficiais, tudo isso deu um tal rebate ao coração do Nicolau, que ele não pôde encarar o ministro. Teimou, seis ou oito vezes, em levantar os olhos, e da única em que o conseguiu fizeram--se-lhe tão vesgos, que não via ninguém, ou só uma sombra, um vulto, que lhe doía nas pupilas, ao mesmo tempo que a face ia ficando verde. Nicolau recuou, estendeu a mão trêmula ao reposteiro, e fugiu.

— Não quero ser nada! disse ele à irmã, chegando a casa; fico com vocês e os meus amigos.

Os amigos eram os rapazes mais antipáticos da cidade, vulgares e ínfimos. Nicolau escolhera-os de propósito. Viver segregado dos principais era para ele um grande sacrifício; mas, como teria de padecer muito mais vivendo com eles, tragava a situação. Isto prova que ele tinha um certo conhecimento empírico do mal e do paliativo. A verdade é que, com esses companheiros, desapareciam todas as perturbações fisiológicas do Nicolau. Ele fitava-os sem lividez, sem olhos vesgos, sem cambalear, sem nada. Além disso, não só eles lhe poupavam a natural irritabilidade, como porfiavam em tornar-lhe a vida, senão deliciosa, tranquila; e para isso, diziam-lhe as maiores finezas do mundo, em atitudes cativas, ou com uma certa familiaridade inferior. Nicolau amava em geral as naturezas subalternas, como os doentes amam a droga que lhes restitui a saúde; acariciava-as paternalmente, dava-lhes o louvor abundante e cordial, emprestava-lhes dinheiro, distribuía-lhes mimos, abria-lhes a alma...

Veio o grito do Ipiranga; Nicolau meteu-se na política. Em 1823 vamos achá-lo na Constituinte. Não há que dizer ao modo por que ele cumpriu os deveres do cargo. Íntegro, desinteressado, patriota, não exercia de graça essas virtudes públicas, mas à custa de muita tempestade moral. Pode-se dizer, metaforicamente, que a frequência da câmara custava-lhe sangue precioso. Não era só porque os debates lhe pareciam insuportáveis, mas também porque lhe era difícil encarar certos homens, especialmente em certos dias. Montezuma, por exemplo, parecia-lhe balofo, Vergueiro, maçudo, os Andradas, execráveis.* Cada discurso, não só dos principais oradores, mas dos secundários, era para o Nicolau verdadeiro suplício. E, não obstante, firme, pontual. Nunca a votação o achou ausente; nunca o nome dele soou sem eco pela augusta sala. Qualquer que fosse o seu desespero, sabia conter-se e pôr a ideia da pátria acima do alívio próprio. Talvez aplaudisse *in petto* o decreto da dissolução. Não afirmo; mas há bons fundamentos para crer que o Nicolau, apesar das mostras exteriores, gostou de ver dissolvida a assembleia. E se essa conjetura é verdadeira, não menos o será esta outra: — que a deportação de alguns dos chefes constituintes, declarados inimigos públicos, veio aguar-lhe aquele prazer. Nicolau, que padecera com os discursos deles, não menos padeceu com o exílio, posto lhes desse um certo relevo. Se ele também fosse exilado!

— Você podia casar, mano, disse-lhe a irmã.

— Não tenho noiva.

— Arranjo-lhe uma. Valeu?

Era um plano do marido. Na opinião deste, a moléstia do Nicolau estava descoberta; era um verme do baço, que se nutria da dor do paciente, isto é, de uma secreção especial, produzida pela vista de alguns fatos, situações ou pessoas. A questão era matar o verme; mas, não conhecendo nenhuma substância química própria a destruí-lo, restava o recurso de obstar à secreção, cuja ausência daria igual resultado. Portanto, urgia casar o Nicolau, com alguma moça bonita e prendada, separá-lo do

* Personagens que tiveram destaque na Assembleia Constituinte de 1823: Francisco Jê Acaiaba de Montezuma, o visconde de Jequitinhonha; Nicolau Pereira de Campos Vergueiro; os irmãos Andrada, José Bonifácio, Antônio Carlos e Martim Francisco.

povoado, metê-lo em alguma fazenda, para onde levaria a melhor baixela, os melhores trastes, os mais reles amigos, etc.

— Todas as manhãs, continuou ele, receberá o Nicolau um jornal que vou mandar imprimir com o único fim de lhe dizer as coisas mais agradáveis do mundo, e dizê-las nominalmente, recordando os seus modestos, mas profícuos trabalhos da Constituinte, e atribuindo-lhe muitas aventuras namoradas, agudezas de espírito, rasgos de coragem. Já falei ao almirante holandês para consentir que, de quando em quando, vá ter com Nicolau algum dos nossos oficiais dizer-lhe que não podia voltar para a Haia sem a honra de contemplar um cidadão tão eminente e simpático, em quem se reúnem qualidades raras, e, de ordinário, dispersas. Você, se puder alcançar de alguma modista, a Gudin, por exemplo, que ponha o nome de Nicolau em um chapéu ou mantelete, ajudará muito a cura de seu mano. Cartas amorosas anônimas, enviadas pelo correio, são um recurso eficaz... Mas comecemos pelo princípio, que é casá-lo.

Nunca um plano foi mais conscienciosamente executado. A noiva escolhida era a mais esbelta, ou uma das mais esbeltas da capital. Casou-os o próprio bispo. Recolhido à fazenda, foram com ele somente alguns de seus mais triviais amigos; fez-se o jornal, mandaram-se as cartas, peitaram-se as visitas. Durante três meses tudo caminhou às mil maravilhas. Mas a natureza, apostada em lograr o homem, mostrou ainda desta vez que ela possui segredos inopináveis. Um dos meios de agradar ao Nicolau era elogiar a beleza, a elegância e as virtudes da mulher; mas a moléstia caminhara, e o que parecia remédio excelente foi simples agravação do mal. Nicolau, ao fim de certo tempo, achava ociosos e excessivos tantos elogios à mulher, e bastava isto a impacientá-lo, e a impaciência a produzir-lhe a fatal secreção. Parece mesmo que chegou ao ponto de não poder encará-la muito tempo, e a encará-la mal; vieram algumas rixas, que seriam o princípio de uma separação, se ela não morresse daí a pouco. A dor do Nicolau foi profunda e verdadeira; mas a cura interrompeu-se logo, porque ele desceu ao Rio de Janeiro, onde o vamos achar, tempos depois, entre os revolucionários de 1831.

Conquanto pareça temerário dizer as causas que levaram o Nicolau para o Campo da Aclamação, na noite de 6 para 7 de abril, penso que não estará longe da verdade quem supuser que — foi o raciocínio de um ateniense célebre e anônimo.* Tanto os que diziam bem, como os que diziam mal do imperador, tinham enchido as medidas ao Nicolau. Esse homem, que inspirava entusiasmos e ódios, cujo nome era repetido onde quer que o Nicolau estivesse, na rua, no teatro, nas casas alheias, tornou-se uma verdadeira perseguição mórbida, daí o fervor com que ele meteu a mão no movimento de 1831. A abdicação foi um alívio. Verdade é que a Regência o achou dentro de pouco tempo entre os seus adversários; e há quem afirme que ele se filiou ao partido caramuru ou restaurador, posto não ficasse prova do ato. O que é certo é que a vida pública do Nicolau cessou com a Maioridade.

A doença apoderara-se definitivamente do organismo. Nicolau ia, a pouco e pouco, recuando na solidão. Não podia fazer certas visitas, frequentar certas casas. O teatro mal chegava a distraí-lo. Era tão melindroso o estado dos seus órgãos auditivos, que o ruído dos aplausos causava-lhe dores atrozes. O entusiasmo da população fluminense para com a famosa Candiani e a Mereia, mas a Candiani** principalmente, cujo carro puxaram alguns braços humanos, obséquio tanto mais insigne quanto que o não fariam ao próprio Platão, esse entusiasmo foi uma das maiores mortificações do Nicolau. Ele chegou ao ponto de não ir mais ao teatro, de achar a Candiani insuportável, e preferir a *Norma* dos realejos à da prima-dona. Não era por exageração de patriota que ele gostava de ouvir o João Caetano,*** nos primeiros tempos; mas afinal deixou-o também, e quase que inteiramente os teatros.

— Está perdido! pensou o cunhado. Se pudéssemos dar-lhe um baço novo...

* Esta frase está incompleta. Aparece assim na primeira edição do conto, no jornal *Gazeta de Notícias*, e na única edição que *Papéis avulsos* teve em vida de Machado.

** Augusta Candiani (1820-1890) foi uma cantora lírica italiana que viveu no Brasil.

*** João dos Santos Caetano (1808-1863) foi um conhecido ator e empresário teatral.

Como pensar em semelhante absurdo? Estava naturalmente perdi-do. Já não bastavam os recreios domésticos. As tarefas literárias a que se deu, versos de família, glosas a prêmio e odes políticas, não duraram muito tempo, e pode ser até que lhe dobrassem o mal. De fato, um dia, pareceu-lhe que essa ocupação era a coisa mais ridícula do mundo, e os aplausos ao Gonçalves Dias, por exemplo, deram-lhe ideia de um povo trivial e de mau gosto. Esse sentimento literário, fruto de uma lesão orgânica, reagiu sobre a mesma lesão, ao ponto de produzir graves crises, que o tiveram algum tempo na cama. O cunhado aproveitou o momen-to para desterrar-lhe da casa todos os livros de certo porte.

Explica-se menos o desalinho com que daí a meses começou a vestir-se. Educado com hábitos de elegância, era antigo freguês de um dos principais alfaiates da corte, o Plum, não passando um só dia em que não fosse pentear-se ao Desmarais e Gérard, *coiffeurs de la cour*, à rua do Ouvidor. Parece que achou enfatuada esta denominação de cabeleirei-ros do paço, e castigou-os indo pentear-se a um barbeiro ínfimo. Quanto ao motivo que o levou a trocar de traje, repito que é inteiramente obs-curo, e a não haver sugestão da idade é inexplicável. A despedida do cozinheiro é outro enigma. Nicolau, por insinuação do cunhado, que o queria distrair, dava dois jantares por semana; e os convivas eram unânimes em achar que o cozinheiro dele primava sobre todos os da capital. Realmente os pratos eram bons, alguns ótimos, mas o elogio era um tanto enfático, excessivo, para o fim justamente de ser agradável ao Nicolau, e assim aconteceu algum tempo. Como entender, porém, que um domingo, acabado o jantar, que fora magnífico, despedisse ele um varão tão insigne, causa indireta de alguns dos seus mais deleitosos momentos na terra? Mistério impenetrável.

— Era um ladrão! foi a resposta que ele deu ao cunhado.

Nem os esforços deste nem os da irmã e dos amigos, nem os bens, nada melhorou o nosso triste Nicolau. A secreção do baço tornou-se perene, e o verme reproduziu-se aos milhões, teoria que não sei se é verdadeira, mas enfim era a do cunhado. Os últimos anos foram crudelíssimos. Quase se pode jurar que ele viveu então continuamente verde, irritado, olhos vesgos, padecendo consigo ainda muito mais do que fazia padecer aos outros. A menor ou maior coisa triturava-lhe os nervos: um bom discurso, um artista hábil, uma sege, uma gravata, um soneto, um dito, um sonho interessante, tudo dava de si uma crise.

Quis ele deixar-se morrer? Assim se poderia supor, ao ver a impassibilidade com que rejeitou os remédios dos principais médicos da corte; foi necessário recorrer à simulação, e dá-los, enfim, como receitados por um ignorantão do tempo. Mas era tarde. A morte levou-o ao cabo de duas semanas.

— Joaquim Soares? bradou atônito o cunhado, ao saber da verba testamentária do defunto, ordenando que o caixão fosse fabricado por aquele industrial. Mas os caixões desse sujeito não prestam para nada, e...

— Paciência! interrompeu a mulher; a vontade do mano há de cumprir-se.

GALERIA PÓSTUMA

I

Não, não se descreve a consternação que produziu em todo o Engenho Velho, e particularmente no coração dos amigos, a morte de Joaquim Fidélis. Nada mais inesperado. Era robusto, tinha saúde de ferro, e ainda na véspera fora a um baile, onde todos o viram conversador e alegre. Chegou a dançar, a pedido de uma sexagenária, viúva de um amigo dele, que lhe tomou do braço, e lhe disse:

— Venha cá, venha cá, vamos mostrar a estes criançolas como é que os velhos são capazes de desbancar tudo.

Joaquim Fidélis protestou sorrindo; mas obedeceu e dançou. Eram duas horas quando saiu, embrulhando os seus sessenta anos numa capa grossa, — estávamos em junho de 1879 — metendo a calva na carapuça, acendendo um charuto, e entrando lepidamente no carro.

No carro é possível que cochilasse; mas, em casa, mau grado a hora e o grande peso das pálpebras, ainda foi à secretária, abriu uma gaveta, tirou um de muitos folhetos manuscritos, — e escreveu durante três ou quatro minutos umas dez ou onze linhas. As últimas palavras eram estas:

Galeria póstuma foi publicado originalmente na *Gazeta de Notícias* (1883) e, depois, no volume *Histórias sem data* (1884).

"Em suma, baile chinfrim; uma velha gaiteira obrigou-me a dançar uma quadrilha; à porta um crioulo pediu-me as festas. Chinfrim!" Guardou o folheto, despiu-se, meteu-se na cama, dormiu e morreu.

Sim, a notícia consternou a todo o bairro. Tão amado que ele era, com os modos bonitos que tinha, sabendo conversar com toda a gente, instruído com os instruídos, ignorante com os ignorantes, rapaz com os rapazes, e até moça com as moças. E depois, muito serviçal, pronto a escrever cartas, a falar a amigos, a concertar brigas, a emprestar dinheiro. Em casa dele reuniam-se à noite alguns íntimos da vizinhança, e às vezes de outros bairros; jogavam o voltarete ou o *whist*, falavam de política. Joaquim Fidélis tinha sido deputado até à dissolução da câmara pelo marquês de Olinda, em 1863. Não conseguindo ser reeleito, abandonou a vida pública. Era conservador, nome que a muito custo admitiu, por lhe parecer galicismo político. SAQUAREMA é o que ele gostava de ser chamado. Mas abriu mão de tudo; parece até que nos últimos tempos desligou-se do próprio partido, e afinal da mesma opinião. Há razões para crer que, de certa data em diante, foi um profundo céptico, e nada mais.

Era rico e letrado. Formara-se em direito no ano de 1842. Agora não fazia nada e lia muito. Não tinha mulheres em casa. Viúvo desde a primeira invasão da febre amarela,* recusou contrair segundas núpcias, com grande mágoa de três ou quatro damas, que nutriram essa esperança durante algum tempo. Uma delas chegou a prorrogar perfidamente os seus belos cachos de 1845 até meados do segundo neto; outra, mais moça e também viúva, pensou retê-lo com algumas concessões, tão generosas quão irreparáveis. "Minha querida Leocádia, dizia ele nas ocasiões em que ela insinuava a solução conjugal, por que não continuaremos assim mesmo? O mistério é o encanto da vida." Morava com um sobrinho, o Benjamim, filho de uma irmã, órfão desde tenra idade. Joaquim Fidélis deu-lhe educação e fê-lo estudar, até obter diploma de bacharel em ciências jurídicas, no ano de 1877.

* Referência à epidemia de febre amarela que aconteceu no Rio de Janeiro, na passagem de 1849 para 1850.

Benjamim ficou atordoado. Não podia acabar de crer na morte do tio. Correu ao quarto, achou o cadáver na cama, frio, olhos abertos, e um leve arregaço irônico ao canto esquerdo da boca. Chorou muito e muito. Não perdia um simples parente, mas um pai, um pai terno, dedicado, um coração único. Benjamim enxugou, enfim, as lágrimas; e, porque lhe fizesse mal ver os olhos abertos do morto, e principalmente o lábio arregaçado, concertou-lhe ambas as coisas. A morte recebeu assim a expressão trágica; mas a originalidade da máscara perdeu-se.

— Não me digam isto! bradava daí a pouco um dos vizinhos, Diogo Vilares, ao receber notícia do caso.

Diogo Vilares era um dos cinco principais familiares de Joaquim Fidélis. Devia-lhe o emprego que exercia desde 1857. Veio ele; vieram os outros quatro, logo depois, um a um, estupefatos, incrédulos. Primeiro, chegou o Elias Xavier, que alcançara por intermédio do finado, segundo se dizia, uma comenda; depois entrou o João Brás, deputado que foi, no regime das suplências, eleito com o influxo do Joaquim Fidélis. Vieram, enfim, o Fragoso e o Galdino, que lhe não deviam diplomas, comendas nem empregos, mas outros favores. Ao Galdino adiantou ele alguns poucos capitais, e ao Fragoso arranjou-lhe um bom casamento... E morto! morto para todo sempre! De redor da cama, fitavam o rosto sereno e recordavam a última festa, a do outro domingo, tão íntima, tão expansiva! E, mais perto ainda, a noite da antevéspera, em que o voltarete do costume foi até às onze horas.

— Amanhã não venham, disse-lhes o Joaquim Fidélis; vou ao baile do Carvalhinho.

— E depois?...

— Depois de amanhã, cá estou.

E, à saída, deu-lhes ainda um maço de excelentes charutos, segundo fazia às vezes, com um acréscimo de doces secos para os pequenos, e duas ou três pilhérias finas... Tudo esvaído! tudo disperso! tudo acabado!

Ao enterro acudiram muitas pessoas gradas, dois senadores, um ex-ministro, titulares, capitalistas, advogados, comerciantes, médicos; mas as argolas do caixão foram seguras pelos cinco familiares e o Benjamim. Nenhum deles quis ceder a ninguém esse último obséquio, considerando que era um dever cordial e intransferível. O adeus do cemitério foi proferido pelo João Brás, um adeus tocante, com algum excesso de estilo para um caso tão urgente, mas, enfim, desculpável. Deitada a pá de terra, cada um se foi arredando da cova, menos os seis, que assistiram ao trabalho posterior e indiferente dos coveiros. Não arredaram pé antes de ver cheia a cova até acima, e depositadas sobre ela as coroas fúnebres.

II

A missa do sétimo dia reuniu-os na igreja. Acabada a missa, os cinco amigos acompanharam à casa o sobrinho do morto. Benjamim convidou-os a almoçar.

— Espero que os amigos do tio Joaquim serão também meus amigos, disse ele.

Entraram, almoçaram. Ao almoço falaram do morto; cada um contou uma anedota, um dito; eram unânimes no louvor e nas saudades. No fim do almoço, como tivessem pedido uma lembrança do finado, passaram ao gabinete, e escolheram à vontade, este uma caneta velha, aquele uma caixa de óculos, um folheto, um retalho qualquer íntimo. Benjamim sentia-se consolado. Comunicou-lhes que pretendia conservar o gabinete tal qual estava. Nem a secretária abrira ainda. Abriu-a então, e, com eles, inventariou o conteúdo de algumas gavetas. Cartas, papéis soltos, programas de concertos, *menus* de grandes jantares, tudo ali estava de mistura e confusão. Entre outras coisas acharam alguns cadernos manuscritos, numerados e datados.

— Um diário! disse Benjamim.

Com efeito, era um diário das impressões do finado, espécie de memórias secretas, confidências do homem a si mesmo. Grande foi a comoção dos amigos; lê-lo era ainda conversá-lo. Tão reto caráter! tão discreto espírito! Benjamim começou a leitura; mas a voz embargou-se-lhe depressa, e João Brás continuou-a.

O interesse do escrito adormeceu a dor do óbito. Era um livro digno do prelo. Muita observação política e social, muita reflexão filosófica, anedotas de homens públicos, do Feijó, do Vasconcelos,* outras puramente galantes, nomes de senhoras, o da Leocádia, entre outros; um repertório de fatos e comentários. Cada um admirava o talento do finado, as graças do estilo, o interesse da matéria. Uns opinavam pela impressão tipográfica; Benjamim dizia que sim, com a condição de excluir alguma coisa, ou inconveniente ou demasiado particular. E continuavam a ler, saltando pedaços e páginas, até que bateu meio-dia. Levantaram-se todos; Diogo Vilares ia já chegar à repartição fora de horas; João Brás e Elias tinham onde estar juntos. Galdino seguia para a loja. O Fragoso precisava mudar a roupa preta, e acompanhar a mulher à rua do Ouvidor. Concordaram em nova reunião para prosseguir a leitura. Certas particularidades tinham-lhes dado uma comichão de escândalo, e as comichões coçam-se: é o que eles queriam fazer, lendo.

— Até amanhã, disseram.

— Até amanhã.

Uma vez só, Benjamim continuou a ler o manuscrito. Entre outras coisas, admirou o retrato da viúva Leocádia, obra-prima de paciência e semelhança, embora a data coincidisse com a dos amores. Era prova de uma rara isenção de espírito. De resto, o finado era exímio nos retratos. Desde 1873 ou 1874, os cadernos vinham cheios deles, uns de vivos, outros de mortos, alguns de homens públicos, Paula Sousa, Aureliano, Olinda, etc.** Eram curtos e substanciais, às vezes três ou quatro rasgos firmes, com tal fidelidade e perfeição, que a figura parecia fotografada.

---

* Padre Diogo Antônio Feijó (1784-1843) foi ministro e depois regente do Brasil (1835-1837); Bernardo Pereira de Vasconcelos (1795-1850) foi senador, ministro e líder dos liberais durante o Primeiro Reinado.

** Antônio Francisco de Paula e Sousa (1819-1866) foi ministro da Agricultura, Comércio e Obras Públicas; Aureliano de Souza e Oliveira Coutinho, o visconde de Sepetiba (1800-1855), foi ministro da Justiça; Pedro de Araújo Lima, o marquês de Olinda (1793-1870), sucedeu a Feijó na Regência do Império (1837-1840) e foi ainda presidente do Conselho por duas vezes.

Benjamim ia lendo; de repente deu com o Diogo Vilares. E leu estas poucas linhas:

"DIOGO VILARES. — Tenho-me referido muitas vezes a este amigo, e fá-lo-ei algumas outras mais, se ele me não matar de tédio, coisa em que o reputo profissional. Pediu-me há anos que lhe arranjasse um emprego, e arranjei-lho. Não me avisou da moeda em que me pagaria. Que singular gratidão! Chegou ao excesso de compor um soneto e publicá-lo. Falava-me do obséquio a cada passo, dava-me grandes nomes; enfim, acabou. Mais tarde relacionamo-nos intimamente. Conheci-o então ainda melhor. *C'est le genre ennuyeux.** Não é mau parceiro de voltarete. Dizem-me que não deve nada a ninguém. Bom pai de família. Estúpido e crédulo. Com intervalo de quatro dias, já lhe ouvi dizer de um ministério que era excelente e detestável: — diferença dos interlocutores. Ri muito e mal. Toda a gente, quando o vê pela primeira vez, começa por supô-lo um varão grave; no segundo dia dá-lhe piparotes. A razão é a figura, ou, mais particularmente, as bochechas, que lhe emprestam um certo ar superior."

A primeira sensação do Benjamim foi a do perigo evitado. Se o Diogo Vilares estivesse ali? Releu o retrato e mal podia crer; mas não havia negá-lo, era o próprio nome do Diogo Vilares, era a mesma letra do tio. E não era o único dos familiares; folheou o manuscrito e deu com o Elias:

"ELIAS XAVIER. — Este Elias é um espírito subalterno, destinado a servir alguém, e a servir com desvanecimento, como os cocheiros de casa elegante. Vulgarmente trata as minhas visitas íntimas com alguma arrogância e desdém: política de lacaio ambicioso. Desde as primeiras semanas, compreendi que ele queria fazer-se meu privado; e não menos compreendi que, no dia que realmente o fosse, punha os outros no meio da rua. Há ocasiões em que me chama a um vão da janela para falar-me secretamente do sol e da chuva. O fim claro é incutir nos outros a suspeita de que há entre nós coisas particulares, e alcança isso mesmo,

* "É o tipo enfadonho."

porque todos lhe rasgam muitas cortesias. É inteligente, risonho e fino. Conversa muito bem. Não conheço compreensão mais rápida. Não é poltrão nem maldizente. Só fala mal de alguém, por interesse; faltando-lhe interesse, cala-se; e a maledicência legítima é gratuita. Dedicado e insinuante. Não tem ideias, é verdade; mas há esta grande diferença entre ele e o Diogo Vilares: — o Diogo repete pronta e boçalmente as que ouve, ao passo que o Elias sabe fazê-las suas e plantá-las oportunamente na conversação. Um caso de 1865 caracteriza bem a astúcia deste homem. Tendo dado alguns libertos para a guerra do Paraguai, ia receber uma comenda. Não precisava de mim; mas veio pedir a minha intercessão, duas ou três vezes, com um ar consternado e súplice. Falei ao ministro, que me disse: — 'O Elias já sabe que o decreto está lavrado; falta só a assinatura do imperador.' Compreendi então que era um estratagema para poder confessar-me essa obrigação. Bom parceiro de voltarete; um pouco brigão, mas entendido."

— Ora o tio Joaquim! exclamou Benjamim levantando-se. E depois de alguns instantes, reflexionou consigo: — Estou lendo um coração, livro inédito. Conhecia a edição pública, revista e expurgada. Este é o texto primitivo e interior, a lição exata e autêntica. Mas quem imaginaria nunca... Ora o tio Joaquim!

E, tornando a sentar-se, releu também o retrato do Elias, com vagar, meditando as feições. Posto lhe faltasse observação, para avaliar a verdade do escrito, achou que em muitas partes, ao menos, o retrato era semelhante. Cotejava essas notas iconográficas, tão cruas, tão secas, com as maneiras cordiais e graciosas do tio, e sentia-se tomado de um certo terror e mal-estar. Ele, por exemplo, que teria dito dele o finado? Com esta ideia, folheou ainda o manuscrito, passou por alto algumas damas, alguns homens públicos, deu com o Fragoso, — um esboço curto e curtíssimo, — logo depois o Galdino, e quatro páginas adiante o João Brás. Justamente o primeiro levara dele uma caneta, pouco antes, talvez a mesma com que o finado o retratara. Curto era o esboço, e dizia assim:

"FRAGOSO. — Honesto, maneiras açucaradas e bonito. Não me custou casá-lo; vive muito bem com a mulher. Sei que me tem uma extraordinária adoração, — quase tanta como a si mesmo. Conversação vulgar, polida e chocha."

"GALDINO MADEIRA. — O melhor coração do mundo e um caráter sem mácula; mas as qualidades do espírito destroem as outras. Emprestei--lhe algum dinheiro, por motivo da família, e porque me não fazia falta. Há no cérebro dele um certo furo, por onde o espírito escorrega e cai no vácuo. Não reflete três minutos seguidos. Vive principalmente de imagens, de frases translatas. Os 'dentes da calúnia' e outras expressões, surradas como colchões de hospedaria, são os seus encantos. Mortifica--se facilmente no jogo, e, uma vez mortificado faz timbre em perder, e em mostrar que é de propósito. Não despede os maus caixeiros. Se não tivesse guarda-livros, é duvidoso que somasse os quebrados. Um subde-legado, meu amigo, que lhe deveu algum dinheiro, durante dois anos, dizia-me com muita graça, que o Galdino quando o via na rua, em vez de lhe pedir a dívida, pedia-lhe notícias do ministério."

"JOÃO BRÁS. — Nem tolo nem bronco. Muito atencioso, embora sem maneiras. Não pode ver passar um carro de ministro; fica pálido e vira os olhos. Creio que é ambicioso; mas na idade em que está, sem carreira, a ambição vai-se-lhe convertendo em inveja. Durante os dois anos em que serviu de deputado, desempenhou honradamente o cargo: trabalhou muito, e fez alguns discursos bons, não brilhantes, mas sólidos, cheios de fatos e refletidos. A prova de que lhe ficou um resíduo de ambição, é o ardor com que anda à cata de alguns cargos honoríficos ou proeminentes; há alguns meses consentiu em ser juiz de uma irmandade de S. José, e segundo me dizem, desempenha o cargo com um zelo exemplar. Creio que é ateu, mas não afirmo. Ri pouco e discretamente. A vida é pura e severa, mas o caráter tem uma ou duas cordas fraudulentas, a que só faltou a mão do artista; nas coisas míni-mas, mente com facilidade."

Benjamim, estupefato, deu enfim consigo mesmo. — "Este meu sobrinho, dizia o manuscrito, tem vinte e quatro anos de idade, um projeto de reforma judiciária, muito cabelo, e ama-me. Eu não o amo menos. Discreto, leal e bom, — bom até à credulidade. Tão firme nas afeições como versátil nos pareceres. Superficial, amigo de novidades, amando no direito o vocabulário e as fórmulas."

Quis reler, e não pôde; essas poucas linhas davam-lhe a sensação de um espelho. Levantou-se, foi à janela, mirou a chácara e tornou dentro para contemplar outra vez as suas feições. Contemplou-as; eram poucas, falhas, mas não pareciam caluniosas. Se ali estivesse um público, é provável que a mortificação do rapaz fosse menor, porque a necessidade de dissipar a impressão moral dos outros dar-lhe-ia a força necessária para reagir contra o escrito; mas, a sós, consigo, teve de suportá-lo sem contraste. Então considerou se o tio não teria composto essas páginas nas horas de mau humor; comparou-as a outras em que a frase era menos áspera, mas não cogitou se ali a brandura vinha ou não de molde.

Para confirmar a conjetura, recordou as maneiras usuais do finado, as horas de intimidade e riso, a sós com ele, ou de palestra com os demais familiares. Evocou a figura do tio, com o olhar espirituoso e meigo, e a pilhéria grave; em lugar dessa, tão cândida e simpática, a que lhe apareceu foi a do tio morto, estendido na cama, com os olhos abertos, o lábio arregaçado. Sacudiu-a do espírito, mas a imagem ficou. Não podendo rejeitá-la, Benjamim tentou mentalmente fechar-lhe os olhos e concertar-lhe a boca; mas tão depressa o fazia, como a pálpebra tornava a levantar-se, e a ironia arregaçava o beiço. Já não era o homem, era o autor do manuscrito.

Benjamim jantou mal e dormiu mal. No dia seguinte, à tarde, apresentaram-se os cinco familiares para ouvir a leitura. Chegaram sôfregos, ansiosos; fizeram-lhe muitas perguntas; pediram-lhe com instância para ver o manuscrito. Mas Benjamim tergiversava, dizia isto e aquilo, inventava pretextos; por mal de pecados, apareceu-lhe na sala, por trás deles, a eterna boca do defunto, e esta circunstância fê-lo ainda mais acanhado. Chegou a mostrar-se frio, para ficar só, e ver se com eles desaparecia a visão. Assim se passaram trinta a quarenta minutos. Os cinco olharam enfim uns para os outros, e deliberaram sair; despediram-se cerimoniosamente, e foram conversando, para suas casas:

— Que diferença do tio! que abismo! a herança enfunou-o! deixá-lo! ah! Joaquim Fidélis! ah! Joaquim Fidélis.

O MACHETE

Inácio Ramos contava apenas dez anos quando manifestou decidida vocação musical. Seu pai, músico da imperial capela, ensinou-lhe os primeiros rudimentos da sua arte, de envolta com os da gramática, de que pouco sabia. Era um pobre artista cujo único mérito estava na voz de tenor e na arte com que executava a música sacra. Inácio, conseguintemente, aprendeu melhor a música do que a língua, e aos quinze anos sabia mais dos bemóis que dos verbos. Ainda assim sabia quanto bastava para ler a história da música e dos grandes mestres. A leitura seduziu-o ainda mais; atirou-se o rapaz com todas as forças da alma à arte do seu coração, e ficou dentro de pouco tempo um rabequista de primeira categoria.

A rabeca foi o primeiro instrumento escolhido por ele, como o que melhor podia corresponder às sensações de sua alma. Não o satisfazia, entretanto, e ele sonhava alguma coisa melhor. Um dia veio ao Rio de Janeiro um velho alemão, que arrebatou o público tocando violoncelo. Inácio foi ouvi-lo. Seu entusiasmo foi imenso; não somente a alma do artista comunicava com a sua como lhe dera a chave do segredo que ele procurara.

Inácio nascera para o violoncelo.

O machete
foi publicado
originalmente no
Jornal das Famílias
(1878).

Daquele dia em diante, o violoncelo foi o sonho do artista fluminense. Aproveitando a passagem do artista germânico, Inácio recebeu dele algumas lições, que mais tarde aproveitou quando, mediante economias de longo tempo, conseguiu possuir o sonhado instrumento.

Já a esse tempo seu pai era morto. — Restava-lhe sua mãe, boa e santa senhora, cuja alma parecia superior à condição em que nascera, tão elevada tinha a concepção do belo. Inácio contava vinte anos, uma figura artística, uns olhos cheios de vida e de futuro. Vivia de algumas lições que dava e de alguns meios que lhe advinham das circunstâncias, tocando ora num teatro, ora num salão, ora numa igreja. Restavam-lhe algumas horas, que ele empregava ao estudo do violoncelo.

Havia no violoncelo uma poesia austera e pura, uma feição melancólica e severa que casavam com a alma de Inácio Ramos. A rabeca, que ele ainda amava como o primeiro veículo de seus sentimentos de artista, não lhe inspirava mais o entusiasmo antigo. Passara a ser um simples meio de vida; não a tocava com a alma, mas com as mãos; não era a sua arte, mas o seu ofício. O violoncelo sim; para esse guardava Inácio as melhores das suas aspirações íntimas, os sentimentos mais puros, a imaginação, o fervor, o entusiasmo. Tocava a rabeca para os outros, o violoncelo para si, quando muito para sua velha mãe.

Moravam ambos em lugar afastado, em um dos recantos da cidade, alheios à sociedade que os cercava e que os não entendia. Nas horas de lazer, tratava Inácio do querido instrumento e fazia vibrar todas as cordas do coração, derramando as suas harmonias interiores, e fazendo chorar a boa velha de melancolia e gosto, que ambos estes sentimentos lhe inspirava a música do filho. Os serões caseiros quando Inácio não tinha de cumprir nenhuma obrigação fora de casa, eram assim passados; sós os dois, com o instrumento e o céu de permeio.

A boa velha adoeceu e morreu. Inácio sentiu o vácuo que lhe ficava na vida. Quando o caixão, levado por meia dúzia de artistas seus colegas, saiu da casa, Inácio viu ir ali dentro todo o passado, e presente, e não sabia se também todo o futuro. Acreditou que o fosse. A noite do enterro foi pouca para o repouso que o corpo lhe pedia depois do profundo abalo; a seguinte porém foi a data da sua primeira composição musical. Escreveu para o violoncelo uma elegia que não seria sublime como perfeição de arte, mas que o era sem dúvida como inspiração pessoal. Compô-la para si; durante dois anos ninguém a ouviu nem sequer soube dela.

A primeira vez que ele troou aquele suspiro fúnebre foi oito dias depois de casado, um dia em que se achava a sós com a mulher, na mesma casa em que morrera sua mãe, na mesma sala em que ambos costumavam passar algumas horas da noite. Era a primeira vez que a mulher o ouvia tocar violoncelo. Ele quis que a lembrança da mãe se casasse àquela revelação que ele fazia à esposa do seu coração: vinculava de algum modo o passado ao presente.

— Toca um pouco de violoncelo, tinha-lhe dito a mulher duas vezes depois do consórcio; tua mãe me dizia que tocavas tão bem!

— Bem, não sei, respondia Inácio; mas tenho satisfação em tocá-lo.

— Pois sim, desejo ouvir-te!

— Por hora, não, deixa-me contemplar-te primeiro.

Ao cabo de oito dias, Inácio satisfez o desejo de Carlotinha. Era de tarde, — uma tarde fria e deliciosa. O artista travou do instrumento, empunhou o arco e as cordas gemeram ao impulso da mão inspirada. Não via a mulher, nem o lugar, nem o instrumento sequer: via a imagem da mãe e embebia-se todo em um mundo de harmonias celestiais. A execução durou vinte minutos. Quando a última nota expirou nas cordas do violoncelo, o braço do artista tombou, não de fadiga, mas porque todo o corpo cedia ao abalo moral que a recordação e a obra lhe produziam.

— Oh! lindo! lindo! exclamou Carlotinha levantando-se e indo ter com o marido.

Inácio estremeceu e olhou pasmado para a mulher. Aquela exclamação de entusiasmo destoara-lhe, em primeiro lugar porque o trecho que acabava de executar não era lindo, como ela dizia, mas severo e melancólico e depois porque, em vez de um aplauso ruidoso, ele preferia ver outro mais consentâneo com a natureza da obra, — duas lágrimas que fossem, — duas, mas exprimidas do coração, como as que naquele momento lhe sulcavam o rosto.

Seu primeiro movimento foi de despeito, — despeito de artista, que nele dominava tudo. Pegou silencioso no instrumento e foi pô-lo a um canto. A moça viu-lhe então as lágrimas; comoveu-se e estendeu-lhe os braços.

Inácio apertou-a ao coração.

Carlotinha sentou-se então, com ele, ao pé da janela, donde viam surdir, no céu azul, as primeiras estrelas. Era uma mocinha de dezessete anos, parecendo dezenove, mais baixa que alta, rosto amorenado, olhos negros e travessos. Aqueles olhos, expressão fiel da alma de Carlota, contrastavam com o olhar brando e velado do marido. Os movimentos da moça eram vivos e rápidos, a voz argentina, a palavra fácil e correntia, toda ela uma índole, mundana e jovial. Inácio gostava de ouvi-la e vê-la; amava-a muito, e, além disso, como que precisava às vezes daquela expressão de vida exterior para entregar-se todo às especulações do seu espírito.

Carlota era filha de um negociante de pequena escala, homem que trabalhou a vida toda como um mouro para morrer pobre, porque a pouca fazenda que deixou, mal pôde chegar para satisfazer alguns empenhos. Toda a riqueza da filha era a beleza, que a tinha, ainda que sem poesia nem ideal. Inácio, conhecera-a ainda em vida do pai, quando ela ia com este visitar sua velha mãe; mas só a amou deveras, depois que ela ficou órfã e quando a alma lhe pediu um afeto para suprir o que a morte lhe levara.

A moça aceitou com prazer a mão que Inácio lhe oferecia. Casaram-se a aprazimento dos parentes da moça e das pessoas que os conheciam a ambos. O vácuo fora preenchido.

Apesar do episódio acima narrado, os dias, as semanas e os meses correram tecidos de ouro para o esposo artista. Carlotinha era naturalmente faceira e amiga de brilhar; mas contentava-se com pouco, e não se mostrava exigente nem extravagante. As posses de Inácio Ramos eram poucas; ainda assim ele sabia dirigir a vida de modo que nem o necessário lhe faltava nem deixava de satisfazer algum dos desejos mais modestos da moça. A sociedade deles não era certamente dispendiosa nem vivia de ostentação; mas qualquer que seja o centro social há nele exigências a que não podem chegar todas as bolsas. Carlotinha vivera de festas e passatempos; a vida conjugal exigia dela hábitos menos frívolos, e ela soube curvar-se à lei que de coração aceitara.

Demais, que há aí que verdadeiramente resista ao amor? Os dois amavam-se; por maior que fosse o contraste entre a índole de um e outro, ligava-os e irmanava-os o afeto verdadeiro que os aproximara. O primeiro milagre do amor fora a aceitação por parte da moça do famoso violoncelo. Carlotinha não experimentava decerto as sensações que o violoncelo produzia no marido, e estava longe daquela paixão silenciosa e profunda que vinculava Inácio Ramos ao instrumento; mas acostumara-se a ouvi-lo, apreciava-o, e chegara a entendê-lo alguma vez.

A esposa concebeu. No dia em que o marido ouviu esta notícia sentiu um abalo profundo; seu amor cresceu de intensidade.

— Quando o nosso filho nascer, disse ele, eu comporei o meu segundo canto.

— O terceiro será quando eu morrer, não? perguntou a moça com um leve tom de despeito.

— Oh! não digas isso!

Inácio Ramos compreendeu a censura da mulher; recolheu-se durante algumas horas, e trouxe uma composição nova, a segunda que lhe saía da alma, dedicada à esposa. A música entusiasmou Carlotinha, antes por vaidade satisfeita do que porque verdadeiramente a penetrasse. Carlotinha abraçou o marido com todas as forças de que podia dispor, e um beijo foi o prêmio da inspiração. A felicidade de Inácio não podia ser maior; ele tinha tido o que ambicionava: vida de arte, paz e ventura doméstica, e enfim esperanças de paternidade.

— Se for menino, dizia ele à mulher, aprenderá violoncelo; se for menina, aprenderá harpa. São os únicos instrumentos capazes de traduzir as impressões mais sublimes do espírito.

Nasceu um menino. Esta nova criatura deu uma feição nova ao lar doméstico. A felicidade do artista era imensa; sentiu-se com mais força para o trabalho, e ao mesmo tempo como que se lhe apurou a inspiração.

A prometida composição ao nascimento do filho foi realizada e executada, não já entre ele e a mulher, mas em presença de algumas pessoas de amizade. Inácio Ramos recusou a princípio fazê-lo; mas a mulher alcançou dele que repartisse com estranhos aquela nova produção de um talento. Inácio sabia que a sociedade não chegaria talvez a compreendê-lo como ele desejava ser compreendido; todavia cedeu. Se acertara aos seus receios não o soube ele, porque dessa vez, como das outras, não viu ninguém; viu-se e ouviu-se a si próprio, sendo cada nota um eco das harmonias santas e elevadas que a paternidade acordara nele.

A vida correria assim monotonamente bela, e não valeria a pena escrevê-la, a não ser um incidente, ocorrido naquela mesma ocasião.

A casa em que eles moravam era baixa, ainda que assaz larga e airosa. Dois transeuntes, atraídos pelos sons do violoncelo, aproximaram-se das janelas entrefechadas, e ouviram do lado de fora cerca de metade da composição. Um deles, entusiasmado com a composição e a execução, rompeu em aplausos ruidosos quando Inácio acabou, abriu violentamente as portas da janela e curvou-se para dentro gritando.

— Bravo, artista divino!

A exclamação inesperada chamou a atenção dos que estavam na sala; voltaram-se todos os olhos e viram duas figuras de homem, um tranquilo, outro alvoroçado de prazer. A porta foi aberta aos dois estranhos. O mais entusiasmado deles correu a abraçar o artista.

— Oh! alma de anjo! exclamava ele. Como é que um artista destes está aqui escondido dos olhos do mundo?

O outro personagem fez igualmente cumprimentos de louvor ao mestre do violoncelo; mas, como ficou dito, seus aplausos eram menos entusiásticos; e não era difícil achar a explicação da frieza na vulgaridade de expressão do rosto.

Estes dois personagens assim entrados na sala eram dois amigos que o acaso ali conduzira. Eram ambos estudantes de direito, em férias; o entusiasta, todo arte e literatura, tinha a alma cheia de música alemã e poesia romântica, e era nada menos que um exemplar daquela falange acadêmica fervorosa e moça animada de todas as paixões, sonhos, delírios e efusões da geração moderna; o companheiro era apenas um espírito medíocre, avesso a todas essas coisas, não menos que ao direito que aliás forcejava por meter na cabeça.

Aquele chamava-se Amaral, este Barbosa.

Amaral pediu a Inácio Ramos para lá voltar mais vezes. Voltou; o artista de coração gastava o tempo a ouvir o de profissão fazer falar as cordas do instrumento. Eram cinco pessoas; eles, Barbosa, Carlotinha, e a criança, o futuro violoncelista. Um dia, menos de uma semana depois, Amaral descobriu a Inácio que o seu companheiro era músico.

— Também! exclamou o artista.

— É verdade; mas um pouco menos sublime do que o senhor, acrescentou ele sorrindo.

— Que instrumento toca?

— Adivinhe.

— Talvez piano...

— Não.

— Flauta?

— Qual!

— É instrumento de cordas?

— É.

— Não sendo rabeca... disse Inácio olhando como a esperar uma confirmação.

— Não é rabeca; é machete.*

Inácio sorriu; e estas últimas palavras chegaram aos ouvidos de Barbosa, que confirmou a notícia do amigo.

— Deixe estar, disse este baixo a Inácio, que eu o hei de fazer tocar um dia. É outro gênero...

— Quando queira.

Era efetivamente outro gênero, como o leitor facilmente compreenderá. Ali postos os quatro, numa noite da seguinte semana, sentou-se Barbosa no centro da sala, afinou o machete e pôs em execução toda a sua perícia. A perícia era, na verdade grande; o instrumento é que era pequeno. O que ele tocou não era Weber nem Mozart; era uma cantiga do tempo e da rua, obra de ocasião. Barbosa tocou-a, não dizer com alma, mas com nervos. Todo ele acompanhava a gradação e variações das notas; inclinava-se sobre o instrumento, retesava o corpo, pendia a cabeça ora a um lado, ora a outro, alçava a perna, sorria, derretia os olhos ou fechava-os nos lugares que lhe pareciam patéticos. Ouvi-lo tocar era o menos; vê-lo era o mais. Quem somente o ouvisse não poderia compreendê-lo.

Foi um sucesso, — um sucesso de outro gênero, mas perigoso, porque, tão depressa Barbosa ouviu os cumprimentos de Carlotinha e Inácio, começou segunda execução, e iria a terceira, se Amaral, não interviesse, dizendo:

— Agora o violoncelo.

O machete de Barbosa não ficou escondido entre as quatro paredes da sala de Inácio Ramos; dentro em pouco era conhecida a forma dele no bairro em que morava o artista, e toda a sociedade deste ansiava por ouvi-lo.

Carlotinha foi a denunciadora; ela achara infinita graça e vida naquela outra música, e não cessava de o elogiar em toda a parte. As

* Machete é o mesmo que cavaquinho.

famílias do lugar tinham ainda saudades de um célebre machete que ali tocara anos antes o atual subdelegado, cujas funções elevadas não lhe permitiram cultivar a arte. Ouvir o machete de Barbosa era reviver uma página do passado.

— Pois eu farei com que o ouçam, dizia a moça.

Não foi difícil.

Houve dali a pouco reunião em casa de uma família da vizinhança. Barbosa acedeu ao convite que lhe foi feito e lá foi com o seu instrumento. Amaral acompanhou-o.

— Não te lastimes, meu divino artista; dizia ele a Inácio; e ajuda-me no sucesso do machete.

Riam-se os dois, e mais do que eles se ria Barbosa, riso de triunfo e satisfação porque o sucesso não podia ser mais completo.

— Magnífico!

— Bravo!

— Soberbo!

— Bravíssimo!

O machete foi o herói da noite. Carlota repetia às pessoas que a cercavam:

— Não lhes dizia eu? é um portento.

— Realmente, dizia um crítico do lugar, assim nem o Fagundes...

Fagundes era o subdelegado.

Pode-se dizer que Inácio e Amaral foram os únicos alheios ao entusiasmo do machete. Conversavam eles, ao pé de uma janela, dos grandes mestres e das grandes obras da arte.

— Você por que não dá um concerto? perguntou Amaral ao artista.

— Oh! não.

— Por quê?

— Tenho medo...

— Ora, medo!

— Medo de não agradar...

— Há de agradar por força!

— Além disso, o violoncelo está tão ligado aos sucessos mais íntimos da minha vida, que eu o considero antes como a minha arte doméstica...

Amaral combatia estas objeções de Inácio Ramos; e este fazia-se cada vez mais forte nelas. A conversa foi prolongada; repetiu-se daí a dois dias, até que no fim de uma semana, Inácio deixou-se vencer.

— Você verá, dizia-lhe o estudante, e verá como todo o público vai ficar delirante.

Assentou-se que o concerto seria dali a dois meses. Inácio tocaria uma das peças já compostas por ele, e duas de dois mestres que escolheu dentre as muitas.

Barbosa não foi dos menos entusiastas da ideia do concerto. Ele parecia tomar agora mais interesse nos sucessos do artista, ouvia com prazer, ao menos aparente, os serões de violoncelo, que eram duas vezes por semana. Carlotinha propôs que os serões fossem três; mas Inácio nada concedeu além dos dois. Aquelas noites eram passadas somente em família; e o machete acabava muita vez o que o violoncelo começava. Era uma condescendência para com a dona da casa e o artista! — o artista do machete.

Um dia Amaral olhou Inácio preocupado e triste. Não quis perguntar-lhe nada; mas como a preocupação continuasse nos dias subsequentes, não se pôde ter e interrogou-o. Inácio respondeu-lhe com evasivas.

— Não, dizia o estudante; você tem alguma coisa que o incomoda certamente.

— Coisa nenhuma!

E depois de um instante de silêncio:

— O que tenho é que estou arrependido do violoncelo; se eu tivesse estudado o machete!

Amaral ouviu admirado estas palavras; depois sorriu e abanou a cabeça. Seu entusiasmo recebera um grande abalo. A que vinha aquele ciúme por causa do efeito diferente que os dois instrumentos tinham produzido? Que rivalidade era aquela entre a arte e o passatempo?

— Não podias ser perfeito, dizia Amaral consigo; tinhas por força um ponto fraco; infelizmente para ti o ponto é ridículo.

Daí em diante os serões foram menos amiudados. A preocupação de Inácio Ramos continuava; Amaral sentia que o seu entusiasmo ia cada vez a menos, o entusiasmo em relação ao homem, porque bastava ouvi--lo tocar para acordarem-se-lhe as primeiras impressões.

A melancolia de Inácio era cada vez maior. Sua mulher só reparou nela quando absolutamente se lhe meteu pelos olhos.

— Que tens? perguntou-lhe Carlotinha.

— Nada, respondia Inácio.

— Aposto que está pensando em alguma composição nova, disse Barbosa que dessas ocasiões estava presente.

— Talvez, respondeu Inácio; penso em fazer uma coisa inteiramente nova; um concerto para violoncelo e machete.

— Por que não? disse Barbosa com simplicidade. Faça isso, e veremos o efeito que há de ser delicioso.

— Eu creio que sim, murmurou Inácio.

Não houve concerto no teatro, como se havia assentado; porque Inácio Ramos de todo se recusou. Acabaram-se as férias e os dois estudantes voltaram para S. Paulo.

— Virei vê-lo daqui a pouco, disse Amaral. Virei até cá somente para ouvi-lo.

Efetivamente vieram os dois, sendo a viagem anunciada por carta de ambos.

Inácio deu a notícia à mulher, que a recebeu com alegria.

— Vêm ficar muitos dias? disse ela.

— Parece que somente três.

— Três!

— É pouco, disse Inácio; mas nas férias que vêm, desejo aprender o machete.

Carlotinha sorriu, mas de um sorriso acanhado, que o marido viu e guardou consigo.

Os dois estudantes foram recebidos como se fossem de casa. Inácio e Carlotinha desfaziam-se em obséquios. Na noite do mesmo dia, houve serão musical; só violoncelo, a instâncias de Amaral, que dizia:

— Não profanemos a arte!

Três dias vinham eles demorar-se, mas não se retiraram no fim deles.

— Vamos daqui a dois dias.

— O melhor é completar a semana, observou Carlotinha.

— Pode ser.

No fim de uma semana, Amaral despediu-se e voltou a S. Paulo; Barbosa não voltou; ficara doente. A doença durou somente dois dias, no fim dos quais ele foi visitar o violoncelista.

— Vai agora? perguntou este.

— Não, disse o acadêmico; recebi uma carta que me obriga a ficar algum tempo.

Carlotinha ouvira alegre a notícia; o rosto de Inácio não tinha nenhuma expressão.

Inácio não quis prosseguir nos serões musicais, apesar de lho pedir algumas vezes Barbosa, e não quis porque, dizia ele, não queria ficar mal com Amaral, do mesmo modo que não quereria ficar mal com Barbosa, se fosse este o ausente.

— Nada impede, porém, concluiu o artista, que ouçamos o seu machete.

Que tempo duraram aqueles serões de machete? Não chegou tal notícia ao conhecimento do escritor destas linhas. O que ele sabe apenas é que o machete deve ser instrumento triste, porque a melancolia de Inácio tornou-se cada vez mais profunda. Seus companheiros nunca o tinham visto imensamente alegre; contudo a diferença entre o que tinha sido e era agora entrava pelos olhos dentro. A mudança manifestava-se até no trajar, que era deleixado, ao contrário do que sempre fora antes. Inácio tinha grandes silêncios, durante os quais era inútil falar-lhe, porque ele a nada respondia, ou respondia sem compreender.

— O violoncelo há de levá-lo ao hospício, dizia um vizinho compadecido e filósofo.

Nas férias seguintes, Amaral foi visitar o seu amigo Inácio, logo no dia seguinte àquele em que desembarcou. Chegou alvoroçado à casa dele; uma preta veio abri-la.

— Onde está ele? Onde está ele? perguntou alegre e em altas vozes o estudante.

A preta desatou a chorar.

Amaral interrogou-a, mas não obtendo resposta, ou obtendo-a intercortada de soluços, correu para o interior da casa com a familiaridade do amigo e a liberdade que lhe dava a ocasião.

Na sala do concerto, que era nos fundos, olhou ele Inácio Ramos, de pé, com o violoncelo nas mãos preparando-se para tocar. Ao pé dele brincava um menino de alguns meses.

Amaral parou sem compreender nada. Inácio não o viu entrar; empunhara o arco e tocou, — tocou como nunca, — uma elegia plangente, que o estudante ouviu com lágrimas nos olhos. A criança, dominada ao que parece pela música, olhava quieta para o instrumento. Durou a cena cerca de vinte minutos.

Quando a música acabou, Amaral correu a Inácio.

— Oh! meu divino artista! exclamou ele.

Inácio apertou-o nos braços; mas logo o deixou e foi sentar-se numa cadeira com os olhos no chão. Amaral nada compreendia; sentia porém que algum abalo moral se dera nele.

— Que tens? disse.

— Nada, respondeu Inácio.

E ergueu-se e tocou de novo o violoncelo. Não acabou porém; no meio de uma arcada, interrompeu a música, e disse a Amaral:

— É bonito, não?

— Sublime! respondeu o outro.

— Não; machete é melhor.

E deixou o violoncelo, e correu a abraçar o filho.

— Sim, meu filho, exclamava ele, hás de aprender machete; machete é muito melhor.

— Mas que há? articulou o estudante.

— Oh! nada, disse Inácio, *ela* foi-se embora, foi-se com o machete. Não quis o violoncelo, que é grave demais. Tem razão; machete é melhor.

A alma do marido chorava mas os olhos estavam secos. Uma hora depois enlouqueceu.

NOITE DE ALMIRANTE

Deolindo Venta-Grande (era uma alcunha de bordo) saiu do arsenal de marinha e enfiou pela rua de Bragança. Batiam três horas da tarde. Era a fina flor dos marujos e, demais, levava um grande ar de felicidade nos olhos. A corveta dele voltou de uma longa viagem de instrução, e Deolindo veio à terra tão depressa alcançou licença. Os companheiros disseram-lhe, rindo:

— Ah! Venta-Grande! Que noite de almirante vai você passar! ceia, viola e os braços de Genoveva. Colozinho de Genoveva...

Deolindo sorriu. Era assim mesmo, uma noite de almirante, como eles dizem, uma dessas grandes noites de almirante que o esperava em terra. Começara a paixão três meses antes de sair a corveta. Chamava-se Genoveva, caboclinha de vinte anos, esperta, olho negro e atrevido. Encontraram-se em casa de terceiro e ficaram morrendo um pelo outro, a tal ponto que estiveram prestes a dar uma cabeçada, ele deixaria o serviço e ela o acompanharia para a vila mais recôndita do interior.

A velha Inácia, que morava com ela, dissuadiu-os disso; Deolindo não teve remédio senão seguir em viagem de instrução. Eram oito ou dez meses de ausência. Como fiança recíproca, entenderam dever fazer um juramento de fidelidade.

Noite de almirante foi publicado originalmente na *Gazeta de Notícias* (1884) e, em seguida, no volume *Histórias sem data* (1884).

— Juro por Deus que está no céu. E você?

— Eu também.

— Diz direito.

— Juro por Deus que está no céu; a luz me falte na hora da morte.

Estava celebrado o contrato. Não havia descrer da sinceridade de ambos; ela chorava doidamente, ele mordia o beiço para dissimular. Afinal separaram-se, Genoveva foi ver sair a corveta e voltou para casa com um tal aperto no coração que parecia que "lhe ia dar uma coisa". Não lhe deu nada, felizmente; os dias foram passando, as semanas, os meses, dez meses, ao cabo dos quais, a corveta tornou e Deolindo com ela.

Lá vai ele agora, pela rua de Bragança, Prainha e Saúde, até ao princípio da Gamboa, onde mora Genoveva. A casa é uma rotulazinha escura, portal rachado do sol, passando o cemitério dos Ingleses; lá deve estar Genoveva, debruçada à janela, esperando por ele. Deolindo prepara uma palavra que lhe diga. Já formulou esta: "Jurei e cumpri", mas procura outra melhor. Ao mesmo tempo lembra as mulheres que viu por esse mundo de Cristo, italianas, marselhesas ou turcas, muitas delas bonitas, ou que lhe pareciam tais. Concorda que nem todas seriam para os beiços dele, mas algumas eram, e nem por isso fez caso de nenhuma. Só pensava em Genoveva. A mesma casinha dela, tão pequenina, e a mobília de pé quebrado, tudo velho e pouco, isso mesmo lhe lembrava diante dos palácios de outras terras. Foi à custa de muita economia que comprou em Trieste um par de brincos, que leva agora no bolso com algumas bugigangas. E ela que lhe guardaria? Pode ser que um lenço marcado com o nome dele e uma âncora na ponta, porque ela sabia marcar muito bem. Nisto chegou à Gamboa, passou o cemitério e deu com a casa fechada. Bateu, falou-lhe uma voz conhecida, a da velha Inácia, que veio abrir-lhe a porta com grandes exclamações de prazer. Deolindo, impaciente, perguntou por Genoveva.

— Não me fale nessa maluca, arremeteu a velha. Estou bem satisfeita com o conselho que lhe dei. Olhe lá se fugisse. Estava agora como o lindo amor.

— Mas que foi? que foi?

A velha disse-lhe que descansasse, que não era nada, uma dessas coisas que aparecem na vida; não valia a pena zangar-se. Genoveva andava com a cabeça virada...

— Mas virada por quê?

— Está com um mascate, José Diogo. Conheceu José Diogo, mascate de fazendas? Está com ele. Não imagina a paixão que eles têm um pelo outro. Ela então anda maluca. Foi o motivo da nossa briga. José Diogo não me saía da porta; eram conversas e mais conversas, até que eu um dia disse que não queria a minha casa difamada. Ah! meu pai do céu! foi um dia de juízo. Genoveva investiu para mim com uns olhos deste tamanho, dizendo que nunca difamou ninguém e não precisava de esmolas. Que esmolas, Genoveva? O que digo é que não quero esses cochichos à porta, desde as ave-marias... Dois dias depois estava mudada e brigada comigo.

— Onde mora ela?

— Na praia Formosa, antes de chegar à pedreira, uma rótula pintada de novo.

Deolindo não quis ouvir mais nada. A velha Inácia, um tanto arrependida, ainda lhe deu avisos de prudência, mas ele não os escutou e foi andando. Deixo de notar o que pensou em todo o caminho; não pensou nada. As ideias marinhavam-lhe no cérebro, como em hora de temporal, no meio de uma confusão de ventos e apitos. Entre elas rutilou a faca de bordo, ensanguentada e vingadora. Tinha passado a Gamboa, o saco do Alferes, entrara na praia Formosa. Não sabia o número de casa, mas era perto da pedreira, pintada de novo, e com auxílio da vizinhança poderia achá-la. Não contou com o acaso que pegou de Genoveva e fê-la sentar à janela, cosendo, no momento em que Deolindo ia passando.

Ele conheceu-a e parou; ela, vendo o vulto de um homem, levantou os olhos e deu com o marujo.

— Que é isso? exclamou espantada. Quando chegou? Entre, seu Deolindo.

E, levantando-se, abriu a rótula e fê-lo entrar. Qualquer outro homem ficaria alvoroçado de esperanças, tão francas eram as maneiras da rapariga; podia ser que a velha se enganasse ou mentisse; podia ser mesmo que a cantiga do mascate estivesse acabada. Tudo isso lhe passou pela cabeça, sem a forma precisa do raciocínio ou da reflexão, mas em tumulto e rápido. Genoveva deixou a porta aberta; fê-lo sentar-se, pediu-lhe notícias da viagem e achou-o mais gordo; nenhuma comoção nem intimidade. Deolindo perdeu a última esperança. Em falta de faca, bastavam-lhe as mãos para estrangular Genoveva, que era um pedacinho de gente, e durante os primeiros minutos não pensou em outra coisa.

— Sei tudo, disse ele.

— Quem lhe contou?

Deolindo levantou os ombros.

— Fosse quem fosse, tornou ela, disseram-lhe que eu gostava muito de um moço?

— Disseram.

— Disseram a verdade.

Deolindo chegou a ter um ímpeto; ela fê-lo parar só com a ação dos olhos. Em seguida disse que, se lhe abrira a porta, é porque contava que era homem de juízo. Contou-lhe então tudo, as saudades que curtira, as propostas do mascate, as suas recusas, até que um dia, sem saber como, amanhecera gostando dele.

— Pode crer que pensei muito e muito em você. Sinhá Inácia que lhe diga se não chorei muito... Mas o coração mudou... Mudou... Conto-lhe tudo isto, como se estivesse diante do padre, concluiu sorrindo.

Não sorria de escárnio. A expressão das palavras é que era uma mescla de candura e cinismo, de insolência e simplicidade, que desisto

de definir melhor. Creio até que insolência e cinismo são mal aplicados. Genoveva não se defendia de um erro ou de um perjúrio; não se defendia de nada; faltava-lhe o padrão moral das ações. O que dizia, em resumo, é que era melhor não ter mudado, dava-se bem com a afeição do Deolindo, a prova é que quis fugir com ele; mas, uma vez que o mascate venceu o marujo, a razão era do mascate, e cumpria declará-lo. Que vos parece? O pobre marujo citava o juramento de despedida, como uma obrigação eterna, diante da qual consentira em não fugir e embarcar: "Juro por Deus que está no céu; a luz me falte na hora da morte". Se embarcou, foi porque ela lhe jurou isso. Com essas palavras é que andou, viajou, esperou e tornou; foram elas que lhe deram a força de viver. Juro por Deus que está no céu; a luz me falte na hora da morte...

— Pois, sim, Deolindo, era verdade. Quando jurei, era verdade. Tanto era verdade que eu queria fugir com você para o sertão. Só Deus sabe se era verdade! Mas vieram outras coisas... Veio este moço e eu comecei a gostar dele...

— Mas a gente jura é para isso mesmo; é para não gostar de mais ninguém...

— Deixa disso, Deolindo. Então você só se lembrou de mim? Deixa de partes...

— A que horas volta José Diogo?

— Não volta hoje.

— Não?

— Não volta; está lá para os lados de Guaratiba com a caixa; deve voltar sexta-feira ou sábado... E por que é que você quer saber? Que mal lhe fez ele?

Pode ser que qualquer outra mulher tivesse igual palavra; poucas lhe dariam uma expressão tão cândida, não de propósito, mas involuntariamente. Vede que estamos aqui muito próximos da natureza. Que mal lhe fez ele? Que mal lhe fez esta pedra que caiu de cima? Qualquer mestre de física lhe explicaria a queda das pedras. Deolindo declarou, com um gesto de desespero, que queria matá-lo. Genoveva olhou para ele com desprezo, sorriu de leve e deu um muxoxo; e, como ele lhe falasse de ingratidão e perjúrio, não pôde disfarçar o pasmo. Que perjúrio? que ingratidão? Já lhe tinha dito e repetia que quando jurou era verdade. Nossa Senhora, que ali estava, em cima da cômoda, sabia se era verdade ou não. Era assim que lhe pagava o que padeceu? E ele que tanto enchia a boca de fidelidade, tinha-se lembrado dela por onde andou?

A resposta dele foi meter a mão no bolso e tirar o pacote que lhe trazia. Ela abriu-o, aventou as bugigangas, uma por uma, e por fim deu com os brincos. Não eram nem poderiam ser ricos; eram mesmo de mau gosto, mas faziam uma vista de todos os diabos. Genoveva pegou deles, contente, deslumbrada, mirou-os por um lado e outro, perto e longe dos olhos, e afinal enfiou-os nas orelhas; depois foi ao espelho de pataca, suspenso na parede, entre a janela e a rótula, para ver o efeito que lhe faziam. Recuou, aproximou-se, voltou a cabeça da direita para a esquerda e da esquerda para a direita.

— Sim, senhor, muito bonitos, disse ela, fazendo uma grande mesura de agradecimento. Onde é que comprou?

Creio que ele não respondeu nada, nem teria tempo para isso, porque ela disparou mais duas ou três perguntas, uma atrás da outra, tão confusa estava de receber um mimo a troco de um esquecimento. Confusão de cinco ou quatro minutos; pode ser que dois. Não tardou que tirasse os brincos, e os contemplasse e pusesse na caixinha em cima da mesa redonda que estava no meio da sala. Ele pela sua parte começou a crer que, assim como a perdeu, estando ausente, assim o outro, ausente, podia também perdê-la; e, provavelmente, ela não lhe jurara nada.

— Brincando, brincando, é noite, disse Genoveva.

Com efeito, a noite ia caindo rapidamente. Já não podiam ver o Hospital dos Lázaros e mal distinguiam a ilha dos Melões; as mesmas lanchas e canoas, postas em seco, defronte da casa, confundiam-se com a terra e o lodo da praia. Genoveva acendeu uma vela. Depois foi sentar-se na soleira da porta e pediu-lhe que contasse alguma coisa das terras por onde andara. Deolindo recusou a princípio; disse que se ia embora, levantou-se e deu alguns passos na sala. Mas o demônio da esperança mordia e babujava o coração do pobre diabo, e ele voltou a sentar-se, para dizer duas ou três anedotas de bordo. Genoveva escutava com atenção. Interrompidos por uma mulher da vizinhança, que ali veio, Genoveva fê-la sentar-se também para ouvir "as bonitas histórias que o Sr. Deolindo estava contando". Não houve outra apresentação. A grande dama que prolonga a vigília para concluir a leitura de um livro ou de um capítulo, não vive mais intimamente a vida dos personagens do que a antiga amante do marujo vivia as cenas que ele ia contando, tão livremente interessada e presa, como se entre ambos não houvesse mais que uma narração de episódios. Que importa à grande dama o autor do livro? Que importava a esta rapariga o contador dos episódios?

A esperança, entretanto, começava a desampará-lo e ele levantou-se definitivamente para sair. Genoveva não quis deixá-lo sair antes que a amiga visse os brincos, e foi mostrar-lhos com grandes encarecimentos. A outra ficou encantada, elogiou-os muito, perguntou se os comprara em França e pediu a Genoveva que os pusesse.

— Realmente, são muito bonitos.

Quero crer que o próprio marujo concordou com essa opinião. Gostou de os ver, achou que pareciam feitos para ela e, durante alguns segundos, saboreou o prazer exclusivo e superfino de haver dado um bom presente; mas foram só alguns segundos.

Como ele se despedisse, Genoveva acompanhou-o até à porta para lhe agradecer ainda uma vez o mimo, e provavelmente dizer-lhe algumas coisas meigas e inúteis. A amiga, que deixara ficar na sala, apenas lhe ouviu esta palavra: "Deixa disso, Deolindo"; e esta outra do marinheiro: "Você verá". Não pôde ouvir o resto, que não passou de um sussurro.

Deolindo seguiu, praia fora, cabisbaixo e lento, não já o rapaz impetuoso da tarde, mas com um ar velho e triste, ou, para usar outra metáfora de marujo, como um homem "que vai do meio caminho para terra". Genoveva entrou logo depois, alegre e barulhenta. Contou à outra a anedota dos seus amores marítimos, gabou muito o gênio do Deolindo e os seus bonitos modos; a amiga declarou achá-lo grandemente simpático.

— Muito bom rapaz, insistiu Genoveva. Sabe o que ele me disse agora?

— Que foi?

— Que vai matar-se.

— Jesus!

— Qual o quê! Não se mata, não. Deolindo é assim mesmo; diz as coisas, mas não faz. Você verá que não se mata. Coitado, são ciúmes. Mas os brincos são muito engraçados.

— Eu aqui ainda não vi destes.

— Nem eu, concordou Genoveva, examinando-os à luz. Depois guardou-os e convidou a outra a coser. — Vamos coser um bocadinho, quero acabar o meu corpinho azul...

A verdade é que o marinheiro não se matou. No dia seguinte, alguns dos companheiros bateram-lhe no ombro, cumprimentando-o pela noite de almirante, e pediram-lhe notícias de Genoveva, se estava mais bonita, se chorara muito na ausência, etc. Ele respondia a tudo com um sorriso satisfeito e discreto, um sorriso de pessoa que viveu uma grande noite. Parece que teve vergonha da realidade e preferiu mentir.

O CASO DA VARA

Damião fugiu do seminário às onze horas da manhã de uma sexta-feira de agosto. Não sei bem o ano; foi antes de 1850. Passados alguns minutos parou vexado; não contava com o efeito que produzia nos olhos da outra gente aquele seminarista que ia espantado, medroso, fugitivo. Desconhecia as ruas, andava e desandava; finalmente parou. Para onde iria? Para casa, não; lá estava o pai que o devolveria ao seminário, depois de um bom castigo. Não assentara no ponto de refúgio, porque a saída estava determinada para mais tarde; uma circunstância fortuita a apressou. Para onde iria? Lembrou-se do padrinho, João Carneiro, mas o padrinho era um moleirão sem vontade, que por si só não faria coisa útil. Foi ele que o levou ao seminário e o apresentou ao reitor:

— Trago-lhe o grande homem que há de ser, disse ele ao reitor.

— Venha, acudiu este, venha o grande homem, contanto que seja também humilde e bom. A verdadeira grandeza é chã. Moço...

Tal foi a entrada. Pouco tempo depois fugiu o rapaz ao seminário. Aqui o vemos agora na rua, espantado, incerto, sem atinar com refúgio nem conselho; percorreu de memória as casas de parentes e amigos, sem se fixar em nenhuma. De repente, exclamou:

O caso da vara foi publicado originalmente na *Gazeta de Notícias* (1891) e, depois, no volume *Páginas recolhidas* (1899).

— Vou pegar-me com Sinhá Rita! Ela manda chamar meu padrinho, diz-lhe que quer que eu saia do seminário... Talvez assim...

Sinhá Rita era uma viúva, querida de João Carneiro; Damião tinha umas ideias vagas dessa situação e tratou de a aproveitar. Onde morava? Estava tão atordoado, que só daí a alguns minutos é que lhe acudiu a casa; era no Largo do Capim.

— Santo nome de Jesus! Que é isto? bradou Sinhá Rita, sentando-se na marquesa, onde estava reclinada.

Damião acabava de entrar espavorido; no momento de chegar à casa, vira passar um padre, e deu um empurrão à porta, que por fortuna não estava fechada a chave nem ferrolho. Depois de entrar espiou pela rótula, a ver o padre. Este não deu por ele e ia andando.

— Mas que é isto, Sr. Damião? bradou novamente a dona da casa, que só agora o conhecera. Que vem fazer aqui?

Damião, trêmulo, mal podendo falar, disse que não tivesse medo, não era nada; ia explicar tudo.

— Descanse; e explique-se.

— Já lhe digo; não pratiquei nenhum crime, isso juro; mas espere.

Sinhá Rita olhava para ele espantada, e todas as crias, de casa, e de fora, que estavam sentadas em volta da sala, diante das suas almofadas de renda, todas fizeram parar os bilros e as mãos. Sinhá Rita vivia principalmente de ensinar a fazer renda, crivo e bordado. Enquanto o rapaz tomava fôlego, ordenou às pequenas que trabalhassem, e esperou. Afinal, Damião contou tudo, o desgosto que lhe dava o seminário; estava certo de que não podia ser bom padre; falou com paixão, pediu-lhe que o salvasse.

— Como assim? Não posso nada.

— Pode, querendo.

— Não, replicou ela abanando a cabeça; não me meto em negócios de sua família, que mal conheço; e então seu pai, que dizem que é zangado!

Damião viu-se perdido. Ajoelhou-se-lhe aos pés, beijou-lhe as mãos, desesperado.

— Pode muito, Sinhá Rita; peço-lhe pelo amor de Deus, pelo que a senhora tiver de mais sagrado, por alma de seu marido, salve-me da morte, porque eu mato-me, se voltar para aquela casa.

Sinhá Rita, lisonjeada com as súplicas do moço, tentou chamá-lo a outros sentimentos. A vida de padre era santa e bonita, disse-lhe ela; o tempo lhe mostraria que era melhor vencer as repugnâncias e um dia... Não, nada, nunca, redarguia Damião, abanando a cabeça e beijando-lhe as mãos; e repetia que era a sua morte. Sinhá Rita hesitou ainda muito tempo; afinal perguntou-lhe por que não ia ter com o padrinho.

— Meu padrinho? Esse é ainda pior que papai; não me atende, duvido que atenda a ninguém...

— Não atende? interrompeu Sinhá Rita ferida em seus brios. Ora, eu lhe mostro se atende ou não...

Chamou um moleque e bradou-lhe que fosse à casa do Sr. João Carneiro chamá-lo, já e já; e se não estivesse em casa, perguntasse onde podia ser encontrado, e corresse a dizer-lhe que precisava muito de lhe falar imediatamente.

— Anda, moleque.

Damião suspirou alto e triste. Ela, para mascarar a autoridade com que dera aquelas ordens, explicou ao moço que o Sr. João Carneiro fora amigo do marido e arranjara-lhe algumas crias para ensinar. Depois, como ele continuasse triste, encostado a um portal, puxou-lhe o nariz, rindo:

— Ande lá, seu padreco, descanse que tudo se há de arranjar.

Sinhá Rita tinha quarenta anos na certidão de batismo, e vinte e sete nos olhos. Era apessoada, viva, patusca, amiga de rir; mas, quando convinha, brava como diabo. Quis alegrar o rapaz, e, apesar da situação, não lhe custou muito. Dentro de pouco, ambos eles riam, ela contava-lhe anedotas, e pedia-lhe outras, que ele referia com singular graça. Uma destas, estúrdia, obrigada a trejeitos, fez rir a uma das crias de Sinhá

Rita, que esquecera o trabalho, para mirar e escutar o moço. Sinhá Rita pegou de uma vara que estava ao pé da marquesa, e ameaçou-a:

— Lucrécia, olha a vara!

A pequena abaixou a cabeça, aparando o golpe, mas o golpe não veio. Era uma advertência; se à noitinha a tarefa não estivesse pronta, Lucrécia receberia o castigo do costume. Damião olhou para a pequena; era uma negrinha, magricela, um frangalho de nada, com uma cicatriz na testa e uma queimadura na mão esquerda. Contava onze anos. Damião reparou que tossia, mas para dentro, surdamente, a fim de não interromper a conversação. Teve pena da negrinha, e resolveu apadrinhá-la, se não acabasse a tarefa. Sinhá Rita não lhe negaria o perdão... Demais, ela rira por achar-lhe graça; a culpa era sua, se há culpa em ter chiste.

Nisto, chegou João Carneiro. Empalideceu quando viu ali o afilhado, e olhou para Sinhá Rita, que não gastou tempo com preâmbulos. Disse-lhe que era preciso tirar o moço do seminário, que ele não tinha vocação para a vida eclesiástica, e antes um padre de menos que um padre ruim. Cá fora também se podia amar e servir a Nosso Senhor. João Carneiro, assombrado, não achou que replicar durante os primeiros minutos; afinal, abriu a boca e repreendeu o afilhado por ter vindo incomodar "pessoas estranhas", e em seguida afirmou que o castigaria.

— Qual castigar, qual nada! interrompeu Sinhá Rita. Castigar por quê? Vá, vá falar a seu compadre.

— Não afianço nada, não creio que seja possível...

— Há de ser possível, afianço eu. Se o senhor quiser, continuou ela com certo tom insinuativo, tudo se há de arranjar. Peça-lhe muito, que ele cede. Ande, Senhor João Carneiro, seu afilhado não volta para o seminário; digo-lhe que não volta...

— Mas, minha senhora...

— Vá, vá.

João Carneiro não se animava a sair, nem podia ficar. Estava entre um puxar de forças opostas. Não lhe importava, em suma, que o rapaz

acabasse clérigo, advogado ou médico, ou outra qualquer coisa, vadio que fosse; mas o pior é que lhe cometiam uma luta ingente com os sentimentos mais íntimos do compadre, sem certeza do resultado; e, se este fosse negativo, outra luta com Sinhá Rita, cuja última palavra era ameaçadora: "digo-lhe que ele não volta". Tinha de haver por força um escândalo. João Carneiro estava com a pupila desvairada, a pálpebra trêmula, o peito ofegante. Os olhares que deitava a Sinhá Rita eram de súplica, mesclados de um tênue raio de censura. Por que lhe não pedia outra coisa? Por que lhe não ordenava que fosse a pé, debaixo de chuva, à Tijuca, ou Jacarepaguá? Mas logo persuadir ao compadre que mudasse a carreira do filho... Conhecia o velho; era capaz de lhe quebrar uma jarra na cara. Ah! se o rapaz caísse ali, de repente, apoplético, morto! Era uma solução, — cruel, é certo, mas definitiva.

— Então? insistiu Sinhá Rita.

Ele fez-lhe um gesto de mão que esperasse. Coçava a barba, procurando um recurso. Deus do céu! um decreto do papa dissolvendo a igreja, ou, pelo menos, extinguindo os seminários, faria acabar tudo em bem. João Carneiro voltaria para casa e ia jogar os *três-setes*. Imaginai que o barbeiro de Napoleão era encarregado de comandar a batalha de Austerlitz... Mas a igreja continuava, os seminários continuavam, o afilhado continuava, cosido à parede, olhos baixos, esperando, sem solução apoplética.

— Vá, vá, disse Sinhá Rita dando-lhe o chapéu e a bengala.

Não teve remédio. O barbeiro meteu a navalha no estojo, travou da espada e saiu à campanha. Damião respirou; exteriormente deixou-se estar na mesma, olhos fincados no chão, acabrunhado. Sinhá Rita puxou-lhe desta vez o queixo.

— Ande jantar, deixe-se de melancolias.

— A senhora crê que ele alcance alguma coisa?

— Há de alcançar tudo, redarguiu Sinhá Rita cheia de si. Ande, que a sopa está esfriando.

Apesar do gênio galhofeiro de Sinhá Rita, e do seu próprio espírito leve, Damião esteve menos alegre ao jantar que na primeira parte do dia. Não fiava do caráter mole do padrinho. Contudo, jantou bem; e, para o fim, voltou às pilhérias da manhã. À sobremesa, ouviu um rumor de gente na sala, e perguntou se o vinham prender.

— Hão de ser as moças.

Levantaram-se e passaram à sala. As moças eram cinco vizinhas que iam todas as tardes tomar café com Sinhá Rita, e ali ficavam até o cair da noite.

As discípulas, findo o jantar delas, tornaram às almofadas do trabalho. Sinhá Rita presidia a todo esse mulherio de casa e de fora. O sussurro dos bilros e o palavrear das moças eram ecos tão mundanos, tão alheios à teologia e ao latim, que o rapaz deixou-se ir por eles e esqueceu o resto. Durante os primeiros minutos, ainda houve da parte das vizinhas certo acanhamento; mas passou depressa. Uma delas cantou uma modinha, ao som da guitarra, tangida por Sinhá Rita, e a tarde foi passando depressa. Antes do fim, Sinhá Rita pediu a Damião que contasse certa anedota que lhe agradara muito. Era a tal que fizera rir Lucrécia.

— Ande, Senhor Damião, não se faça de rogado, que as moças querem ir embora. Vocês vão gostar muito.

Damião não teve remédio senão obedecer. Malgrado o anúncio e a expectação, que serviam a diminuir o chiste e o efeito, a anedota acabou entre risadas das moças. Damião, contente de si, não esqueceu Lucrécia e olhou para ela, a ver se rira também. Viu-a com a cabeça metida na almofada para acabar a tarefa. Não ria; ou teria rido para dentro, como tossia.

Saíram as vizinhas, e a tarde caiu de todo. A alma de Damião foi-se fazendo tenebrosa, antes da noite. Que estaria acontecendo? De instante a instante, ia espiar pela rótula, e voltava cada vez mais desanimado. Nem sombra do padrinho. Com certeza, o pai fê-lo calar, mandou chamar dois negros, foi à polícia pedir um pedestre, e aí vinha pegá-lo à força e levá-lo ao seminário. Damião perguntou a Sinhá Rita se a casa não teria saída pelos fundos, correu ao quintal, e calculou que podia saltar o muro. Quis ainda saber se haveria modo de fugir para a rua da Vala, ou se era melhor falar a algum vizinho que fizesse o favor de o receber. O pior era a batina; se Sinhá Rita lhe pudesse arranjar um rodaque, uma sobrecasaca velha... Sinhá Rita dispunha justamente de um rodaque, lembrança ou esquecimento de João Carneiro.

— Tenho um rodaque do meu defunto, disse ela, rindo; mas para que está com esses sustos? Tudo se há de arranjar, descanse.

Afinal, à boca da noite, apareceu um escravo do padrinho, com uma carta para Sinhá Rita. O negócio ainda não estava composto; o pai ficou furioso e quis quebrar tudo; bradou que não, senhor, que o peralta havia de ir para o seminário, ou então metia-o no Aljube ou na presiganga. João Carneiro lutou muito para conseguir que o compadre não resolvesse logo, que dormisse a noite, e meditasse bem se era conveniente dar à religião um sujeito tão rebelde e vicioso. Explicava na carta que falou assim para melhor ganhar a causa. Não a tinha por ganha, mas no dia seguinte lá iria ver o homem, e teimar de novo. Concluía dizendo que o moço fosse para a casa dele.

Damião acabou de ler a carta e olhou para Sinhá Rita. "Não tenho outra tábua de salvação", pensou ele. Sinhá Rita mandou vir um tinteiro de chifre, e na meia folha da própria carta escreveu esta resposta: "Joãozinho, ou você salva o moço, ou nunca mais nos vemos". Fechou a carta com obreia, e deu-a ao escravo, para que a levasse depressa. Voltou a reanimar o seminarista, que estava outra vez no capuz da humildade e da consternação. Disse-lhe que sossegasse, que aquele negócio era agora dela.

— Hão de ver para quanto presto! Não, que eu não sou de brincadeiras!

Era a hora de recolher os trabalhos. Sinhá Rita examinou-os, todas as discípulas tinham concluído a tarefa. Só Lucrécia estava ainda à almofada, meneando os bilros, já sem ver; Sinhá Rita chegou-se a ela, viu que a tarefa não estava acabada, ficou furiosa, e agarrou-a por uma orelha.

— Ah! malandra!

— Nhanhã, nhanhã! pelo amor de Deus! por Nossa Senhora que está no céu.

— Malandra! Nossa Senhora não protege vadias!

Lucrécia fez um esforço, soltou-se das mãos da senhora, e fugiu para dentro; a senhora foi atrás e agarrou-a.

— Anda cá!

— Minha senhora, me perdoe! tossia a negrinha.

— Não perdoo, não. Onde está a vara?

E tornaram ambas à sala, uma presa pela orelha, debatendo-se, chorando e pedindo; a outra dizendo que não, que a havia de castigar.

— Onde está a vara?

A vara estava à cabeceira da marquesa, do outro lado da sala. Sinhá Rita, não querendo soltar a pequena, bradou ao seminarista:

— Sr. Damião, dê-me aquela vara, faz favor?

Damião ficou frio... Cruel instante! Uma nuvem passou-lhe pelos olhos. Sim, tinha jurado apadrinhar a pequena, que por causa dele, atrasara o trabalho...

— Dê-me a vara, Sr. Damião!

Damião chegou a caminhar na direção da marquesa. A negrinha pediu-lhe então por tudo o que houvesse mais sagrado, pela mãe, pelo pai, por Nosso Senhor...

— Me acuda, meu sinhô moço!

Sinhá Rita, com a cara em fogo e os olhos esbugalhados, instava pela vara, sem largar a negrinha, agora presa de um acesso de tosse. Damião sentiu-se compungido; mas ele precisava tanto sair do seminário! Chegou à marquesa, pegou na vara e entregou-a a Sinhá Rita.

IDEIAS DE CANÁRIO

Um homem dado a estudos de ornitologia, por nome Macedo, referiu a alguns amigos um caso tão extraordinário que ninguém lhe deu crédito. Alguns chegam a supor que Macedo virou o juízo. Eis aqui o resumo da narração.

No princípio do mês passado, — disse ele, — indo por uma rua, sucedeu que um tílburi à disparada, quase me atirou ao chão. Escapei saltando para dentro de uma loja de belchior. Nem o estrépito do cavalo e do veículo, nem a minha entrada fez levantar o dono do negócio, que cochilava ao fundo, sentado numa cadeira de abrir. Era um frangalho de homem, barba cor de palha suja, a cabeça enfiada em um gorro esfarrapado, que provavelmente não achara comprador. Não se adivinhava nele nenhuma história, como podiam ter alguns dos objetos que vendia, nem se lhe sentia a tristeza austera e desenganada das vidas que foram vidas.

A loja era escura, atulhada das coisas velhas, tortas, rotas, enxovalhadas, enferrujadas que de ordinário se acham em tais casas, tudo naquela meia desordem própria do negócio. Essa mistura, posto que banal, era interessante. Panelas sem tampa, tampas sem panela, botões, sapatos, fechaduras, uma saia preta, chapéus de palha e de pelo, caixi-

Ideias de canário foi publicado originalmente na *Gazeta de Notícias* (1895) e, depois, no volume *Páginas recolhidas* (1899).

lhos, binóculos, meias casacas, um florete, um cão empalhado, um par de chinelas, luvas, vasos sem nome, dragonas, uma bolsa de veludo, dois cabides, um bodoque, um termômetro, cadeiras, um retrato litografado pelo finado Sisson,* um gamão, duas máscaras de arame para o carnaval que há de vir, tudo isso e o mais que não vi ou não me ficou de memória, enchia a loja nas imediações da porta, encostado, pendurado ou exposto em caixas de vidro, igualmente velhas. Lá para dentro, havia outras coisas mais e muitas, e do mesmo aspecto, dominando os objetos grandes, cômodas, cadeiras, camas, uns por cima dos outros, perdidos na escuridão.

Ia a sair, quando vi uma gaiola pendurada da porta. Tão velha como o resto, para ter o mesmo aspecto da desolação geral, faltava-lhe estar vazia. Não estava vazia. Dentro pulava um canário. A cor, a animação e a graça do passarinho davam àquele amontoado de destroços uma nota de vida e de mocidade. Era o último passageiro de algum naufrágio, que ali foi parar íntegro e alegre como dantes. Logo que olhei para ele, entrou a saltar mais, abaixo e acima, de poleiro em poleiro, como se quisesse dizer que no meio daquele cemitério brincava um raio de sol. Não atribuo essa imagem ao canário, senão porque falo a gente retórica; em verdade, ele não pensou em cemitério nem sol, segundo me disse depois. Eu, de envolta com o prazer que me trouxe aquela vista, senti-me indignado do destino do pássaro, e murmurei baixinho palavras de azedume.

— Quem seria o dono execrável deste bichinho, que teve ânimo de se desfazer dele por alguns pares de níqueis? Ou que mão indiferente, não querendo guardar esse companheiro de dono defunto, o deu de graça a algum pequeno, que o vendeu para ir jogar uma quiniela?

E o canário, quedando-se em cima do poleiro, trilou isto:

— Quem quer que sejas tu, certamente não estás em teu juízo. Não tive dono execrável, nem fui dado a nenhum menino que me vendesse. São imaginações de pessoa doente; vai-te curar, amigo...

---

* Sébastien Auguste Sisson (1824-1893) foi um desenhista e litógrafo francês radicado no Brasil. Produziu uma famosa série de litografias, a *Galeria dos Brasileiros Ilustres.*

— Como? interrompi eu, sem ter tempo de ficar espantado. Então o teu dono não te vendeu a esta casa? Não foi a miséria ou a ociosidade que te trouxe a este cemitério, como um raio de sol?

— Não sei que seja sol nem cemitério. Se os canários que tens visto usam do primeiro desses nomes, tanto melhor, porque é bonito, mas estou que confundes.

— Perdão, mas tu não vieste para aqui à toa, sem ninguém, salvo se o teu dono foi sempre aquele homem que ali está sentado.

— Que dono? Esse homem que aí está é meu criado, dá-me água e comida todos os dias, com tal regularidade que eu, se devesse pagar-lhe os serviços, não seria com pouco; mas os canários não pagam criados. Em verdade, se o mundo é propriedade dos canários, seria extravagante que eles pagassem o que está no mundo.

Pasmado das respostas, não sabia que mais admirar, se a linguagem, se as ideias. A linguagem, posto me entrasse pelo ouvido como de gente, saía do bicho em trilos engraçados. Olhei em volta de mim, para verificar se estava acordado; a rua era a mesma, a loja era a mesma loja escura, triste e úmida. O canário, movendo a um lado e outro, esperava que eu lhe falasse. Perguntei-lhe então se tinha saudades do espaço azul e infinito...

— Mas, caro homem, trilou o canário, que quer dizer espaço azul e infinito?

— Mas, perdão, que pensas deste mundo? Que coisa é o mundo?

— O mundo, redarguiu o canário com certo ar de professor, o mundo é uma loja de belchior, com uma pequena gaiola de taquara, quadrilonga, pendente de um prego; o canário é senhor da gaiola que habita e da loja que o cerca. Fora daí, tudo é ilusão e mentira.

Nisto acordou o velho, e veio a mim arrastando os pés. Perguntou-me se queria comprar o canário. Indaguei se o adquirira, como o resto dos objetos que vendia, e soube que sim, que o comprara a um barbeiro, acompanhado de uma coleção de navalhas.

— As navalhas estão em muito bom uso, concluiu ele.

— Quero só o canário.

Paguei-lhe o preço, mandei comprar uma gaiola vasta, circular, de madeira e arame, pintada de branco, e ordenei que a pusessem na varanda da minha casa, donde o passarinho podia ver o jardim, o repuxo e um pouco do céu azul.

Era meu intuito fazer um longo estudo do fenômeno, sem dizer nada a ninguém, até poder assombrar o século com a minha extraordinária descoberta. Comecei por alfabetar a língua do canário, por estudar-lhe a estrutura, as relações com a música, os sentimentos estéticos do bicho, as suas ideias e reminiscências. Feita essa análise filológica e psicológica, entrei propriamente na história dos canários, na origem deles, primeiros séculos, geologia e flora das ilhas Canárias, se ele tinha conhecimento da navegação, etc. Conversávamos longas horas, eu escrevendo as notas, ele esperando, saltando, trilando.

Não tendo mais família que dois criados, ordenava-lhes que não me interrompessem, ainda por motivo de alguma carta ou telegrama urgente, ou visita de importância. Sabendo ambos das minhas ocupações científicas, acharam natural a ordem, e não suspeitaram que o canário e eu nos entendíamos.

Não é mister dizer que dormia pouco, acordava duas e três vezes por noite, passeava à toa, sentia-me com febre. Afinal tornava ao trabalho, para reler, acrescentar, emendar. Retifiquei mais de uma observação, — ou por havê-la entendido mal, ou porque ele não a tivesse expresso claramente. A definição do mundo foi uma delas. Três semanas depois da entrada do canário em minha casa, pedi-lhe que me repetisse a definição do mundo.

— O mundo, respondeu ele, é um jardim assaz largo com repuxo no meio, flores e arbustos, alguma grama, ar claro e um pouco de azul por cima; o canário, dono do mundo, habita uma gaiola vasta, branca e circular, donde mira o resto. Tudo o mais é ilusão e mentira.

Também a linguagem sofreu algumas retificações, e certas conclusões, que me tinham parecido simples, vi que eram temerárias. Não podia ainda escrever a memória que havia de mandar ao Museu Nacional, ao Instituto Histórico e às universidades alemãs, não porque faltasse matéria, mas para acumular primeiro todas as observações e ratificá-las. Nos últimos dias, não saía de casa, não respondia a cartas, não quis saber de amigos nem parentes. Todo eu era canário. De manhã, um dos criados tinha a seu cargo limpar a gaiola e pôr-lhe água e comida. O passarinho não lhe dizia nada, como se soubesse que a esse homem faltava qualquer preparo científico. Também o serviço era o mais sumário do mundo; o criado não era amador de pássaros.

Um sábado amanheci enfermo, a cabeça e a espinha doíam-me. O médico ordenou absoluto repouso; era excesso de estudo, não devia ler nem pensar, não devia saber sequer o que se passava na cidade e no mundo. Assim fiquei cinco dias; no sexto levantei-me, e só então soube que o canário, estando o criado a tratar dele, fugira da gaiola. O meu primeiro gesto foi para esganar o criado; a indignação sufocou-me, caí na cadeira, sem voz, tonto. O culpado defendeu-se, jurou que tivera cuidado, o passarinho é que fugira por astuto...

— Mas não o procuraram?

— Procuramos, sim, senhor; a princípio trepou ao telhado, trepei também, ele fugiu, foi para uma árvore, depois escondeu-se não sei onde. Tenho indagado desde ontem, perguntei aos vizinhos, aos chacareiros, ninguém sabe nada.

Padeci muito; felizmente, a fadiga estava passada, e com algumas horas pude sair à varanda e ao jardim. Nem sombra de canário. Indaguei, corri, anunciei, e nada. Tinha já recolhido as notas para compor a memória, ainda que truncada e incompleta, quando me sucedeu visitar um amigo, que ocupa uma das mais belas e grandes chácaras dos arrabaldes. Passeávamos nela antes de jantar, quando ouvi trilar esta pergunta:

— Viva, Sr. Macedo, por onde tem andado que desapareceu?

Era o canário; estava no galho de uma árvore. Imaginem como fiquei, e o que lhe disse. O meu amigo cuidou que eu estivesse doido; mas que me importavam cuidados de amigos? Falei ao canário com ternura, pedi-lhe que viesse continuar a conversação, naquele nosso mundo composto de um jardim e repuxo, varanda e gaiola branca e circular...

— Que jardim? que repuxo?

— O mundo, meu querido.

— Que mundo? Tu não perdes os maus costumes de professor. O mundo, concluiu solenemente, é um espaço infinito e azul, com o sol por cima.

Indignado, retorqui-lhe que, se eu lhe desse crédito, o mundo era tudo; até já fora uma loja de belchior...

— De belchior? trilou ele às bandeiras despregadas. Mas há mesmo lojas de belchior?

UMAS FÉRIAS

Vieram dizer ao mestre-escola que alguém lhe queria falar.

— Quem é?

— Diz que meu senhor não o conhece, respondeu o preto.

— Que entre.

Houve um movimento geral de cabeças na direção da porta do corredor, por onde devia entrar a pessoa desconhecida. Éramos não sei quantos meninos na escola. Não tardou que aparecesse uma figura rude, tez queimada, cabelos compridos, sem sinal de pente, a roupa amarrotada, não me lembra bem a cor nem a fazenda, mas provavelmente era brim pardo. Todos ficaram esperando o que vinha dizer o homem, eu mais que ninguém, porque ele era meu tio, roceiro, morador em Guaratiba. Chamava-se tio Zeca.

Tio Zeca foi ao mestre e falou-lhe baixo. O mestre fê-lo sentar, olhou para mim, e creio que lhe perguntou alguma coisa, porque tio Zeca entrou a falar demorado, muito explicativo. O mestre insistiu, ele respondeu, até que o mestre, voltando-se para mim, disse alto:

— Sr. José Martins, pode sair.

A minha sensação de prazer foi tal que venceu a de espanto. Tinha dez anos apenas, gostava de folgar, não gostava de aprender. Um cha-

Umas férias foi publicado originalmente em *Relíquias da casa velha* (1906).

mado de casa, o próprio tio, irmão de meu pai, que chegara na véspera de Guaratiba, era naturalmente alguma festa, passeio, qualquer coisa. Corri a buscar o chapéu, meti o livro de leitura no bolso e desci as escadas da escola, um sobradinho da rua do Senado. No corredor beijei a mão a tio Zeca. Na rua fui andando ao pé dele, amiudando os passos, e levantando a cara. Ele não me dizia nada, eu não me atrevia a nenhuma pergunta. Pouco depois chegávamos ao colégio de minha irmã Felícia; disse-me que esperasse, entrou, subiu, desceram, e fomos os três caminho de casa. A minha alegria agora era maior. Certamente havia festa em casa, pois que íamos os dois, ela e eu; íamos na frente, trocando as nossas perguntas e conjeturas. Talvez anos de tio Zeca. Voltei a cara para ele; vinha com os olhos no chão, provavelmente para não cair.

Fomos andando. Felícia era mais velha que eu um ano. Calçava sapato raso, atado ao peito do pé por duas fitas cruzadas, vindo acabar acima do tornozelo com laço. Eu, botins de cordovão, já gastos. As calcinhas dela pegavam com a fita dos sapatos, as minhas calças, largas, caíam sobre o peito do pé; eram de chita. Uma ou outra vez parávamos, ela para admirar as bonecas à porta dos armarinhos, eu para ver, à porta das vendas, algum papagaio que descia e subia pela corrente de ferro atada ao pé. Geralmente, era meu conhecido, mas papagaio não cansa em tal idade. Tio Zeca é que nos tirava do espetáculo industrial ou natural. Andem, dizia ele em voz sumida. E nós andávamos, até que outra curiosidade nos fazia deter o passo. Entretanto, o principal era a festa que nos esperava em casa.

— Não creio que sejam anos de tio Zeca, disse-me Felícia.

— Por quê?

— Parece meio triste.

— Triste, não, parece carrancudo.

— Ou carrancudo. Quem faz anos tem a cara alegre.

— Então serão anos de meu padrinho...

— Ou de minha madrinha...

— Mas por que é que mamãe nos mandou para a escola?

— Talvez não soubesse.

— Há de haver jantar grande...

— Com doce...

— Talvez dancemos.

Fizemos um acordo: podia ser festa, sem aniversário de ninguém. A sorte grande, por exemplo. Ocorreu-me também que podiam ser eleições. Meu padrinho era candidato a vereador; embora eu não soubesse bem o que era candidatura nem vereação, tanto ouvira falar em vitória próxima que a achei certa e ganha. Não sabia que a eleição era ao domingo, e o dia era sexta-feira. Imaginei bandas de música, vivas e palmas, e nós, meninos, pulando, rindo, comendo cocadas. Talvez houvesse espetáculo à noite; fiquei meio tonto. Tinha ido uma vez ao teatro, e voltei dormindo, mas no dia seguinte estava tão contente que morria por lá tornar, posto não houvesse entendido nada do que ouvira. Vira muita coisa, isto sim, cadeiras ricas, tronos, lanças compridas, cenas que mudavam à vista, passando de uma sala a um bosque, e do bosque a uma rua. Depois, os personagens, todos príncipes. Era assim que chamávamos aos que vestiam calção de seda, sapato de fivela ou botas, espada, capa de veludo, gorra com pluma. Também houve bailado. As bailarinas e os bailarinos falavam com os pés e as mãos, trocando de posição e um sorriso constante na boca. Depois os gritos do público e as palmas...

Já duas vezes escrevi palmas; é que as conhecia bem. Felícia, a quem comuniquei a possibilidade do espetáculo, não me pareceu gostar muito, mas também não recusou nada. Iria ao teatro. E quem sabe se não seria em casa, teatrinho de bonecos? Íamos nessas conjeturas, quando tio Zeca nos disse que esperássemos; tinha parado a conversar com um sujeito.

Paramos, à espera. A ideia da festa, qualquer que fosse, continuou a agitar-nos, mais a mim que a ela. Imaginei trinta mil coisas, sem acabar nenhuma, tão precipitadas vinham, e tão confusas que não as distinguia, pode ser até que se repetissem. Felícia chamou a minha atenção para dois moleques de carapuça encarnada, que passavam carregando canas, — o que nos lembrou as noites de Santo Antônio e S. João, já lá idas. Então falei-lhe das fogueiras do nosso quintal, das bichas que queimamos, das rodinhas, das pistolas e das danças com outros meninos. Se houvesse agora a mesma coisa... Ah! lembrou-me que era ocasião de deitar à fogueira o livro da escola, e o dela também, com os pontos de costura que estava aprendendo.

— Isso não, acudiu Felícia.

— Eu queimava o meu livro.

— Papai comprava outro.

— Enquanto comprasse, eu ficava brincando em casa; aprender é muito aborrecido.

Nisto estávamos, quando vimos tio Zeca e o desconhecido ao pé de nós. O desconhecido pegou-nos nos queixos e levantou-nos a cara para ele, fitou-nos com seriedade, deixou-nos e despediu-se.

— Nove horas? Lá estarei, disse ele.

— Vamos, disse-nos tio Zeca.

Quis perguntar-lhe quem era aquele homem, e até me pareceu conhecê-lo vagamente. Felícia também. Nenhum de nós acertava com a pessoa; mas a promessa de lá estar às nove horas dominou o resto. Era festa, algum baile, conquanto às nove horas, costumássemos ir para a cama. Naturalmente, por exceção, estaríamos acordados. Como chegássemos a um rego de lama, peguei da mão de Felícia, e transpusemo-lo de um salto, tão violento que quase me caiu o livro. Olhei para tio Zeca, a ver o efeito do gesto; vi-o abanar a cabeça com reprovação. Ri, ela sorriu, e fomos pela calçada adiante.

Era o dia dos desconhecidos. Desta vez estavam em burros, e um dos dois era mulher. Vinham da roça. Tio Zeca foi ter com eles ao meio da rua, depois de dizer que esperássemos. Os animais pararam, creio que de si mesmos, por também conhecerem a tio Zeca, ideia que Felícia reprovou com o gesto, e que eu defendi rindo. Teria apenas meia convicção; tudo era folgar. Fosse como fosse, esperamos os dois, examinando o casal de roceiros. Eram ambos magros, a mulher mais que o marido, e também mais moça; ele tinha os cabelos grisalhos. Não ouvimos o que disseram, ele e tio Zeca; vimo-lo, sim, o marido olhar para nós com ar de curiosidade, e falar à mulher, que também nos deitou os olhos, agora com pena ou coisa parecida. Enfim apartaram-se, tio Zeca veio ter conosco e enfiamos para casa.

A casa ficava na rua próxima, perto da esquina. Ao dobrarmos esta, vimos os portais da casa forrados de preto, — o que nos encheu de espanto. Instintivamente paramos e voltamos a cabeça para tio Zeca. Este veio a nós, deu a mão a cada um e ia a dizer alguma palavra que lhe ficou na garganta; andou, levando-nos consigo. Quando chegamos, as portas estavam meio cerradas. Não sei se lhes disse que era um armarinho. Na rua, curiosos. Nas janelas fronteiras e laterais, cabeças aglomeradas. Houve certo rebuliço quando chegamos. É natural que eu tivesse a boca aberta, como Felícia. Tio Zeca empurrou uma das meias portas, entramos os três, ele tornou a cerrá-la, meteu-se pelo corredor e fomos à sala de jantar e à alcova.

Dentro, ao pé da cama, estava minha mãe com a cabeça entre as mãos. Sabendo da nossa chegada, ergueu-se de salto, veio abraçar-nos entre lágrimas, bradando:

— Meus filhos, vosso pai morreu!

A comoção foi grande, por mais que o confuso e o vago entorpecessem a consciência da notícia. Não tive forças para andar, e teria medo de o fazer. Morto como? morto por quê? Estas duas perguntas, se as meto aqui, é para dar seguimento à ação; naquele momento não perguntei nada a mim nem a ninguém. Ouvia as palavras de minha mãe, que se repetiam em mim, e os seus soluços que eram grandes. Ela pegou em nós e arrastou-nos para a cama, onde jazia o cadáver do marido; e fez-nos beijar-lhe a mão. Tão longe estava eu daquilo que, apesar de tudo, não entendera nada a princípio; a tristeza e o silêncio das pessoas que rodeavam a cama ajudaram a explicar que meu pai morrera deveras. Não se tratava de um dia santo, com a sua folga e recreio, não era festa, não eram as horas breves ou longas, para a gente desfiar em casa, arredada dos castigos da escola. Que essa queda de um sonho tão bonito fizesse crescer a minha dor de filho não é coisa que possa afirmar ou negar; melhor é calar. O pai ali estava defunto, sem pulos, nem danças, nem risadas, nem bandas de música, coisas todas também defuntas. Se me houvessem dito à saída da escola por que é que me iam lá buscar, é claro que a alegria não houvera penetrado o coração, donde era agora expelida a punhadas.

O enterro foi no dia seguinte às nove horas da manhã, e provavelmente lá estava aquele amigo de tio Zeca que se despediu na rua, com a promessa de ir às nove horas. Não vi as cerimônias; alguns vultos, poucos, vestidos de preto, lembra-me que vi. Meu padrinho, dono de um trapiche, lá estava, e a mulher também, que me levou a uma alcova dos fundos para me mostrar gravuras. Na ocasião da saída, ouvi os gritos de minha mãe, o rumor dos passos, algumas palavras abafadas de pessoas que pegavam nas alças do caixão, creio eu: "— vire de lado, — mais à esquerda, — assim, — segure bem..." Depois, ao longe, o coche andando e as seges atrás dele...

Lá iam meu pai e as férias! Um dia de folga sem folguedo! Não, não foi um dia, mas oito, oito dias de nojo, durante os quais alguma vez me lembrei do colégio. Minha mãe chorava, cosendo o luto, entre duas visitas de pêsames. Eu também chorava; não via meu pai às horas do costume, não lhe ouvia as palavras à mesa ou ao balcão, nem as carícias que dizia aos pássaros. Que ele era muito amigo de pássaros, e tinha três ou quatro, em gaiolas. Minha mãe vivia calada. Quase que só falava às pessoas de fora. Foi assim que eu soube que meu pai morrera de apoplexia. Ouvi esta notícia muitas vezes; as visitas perguntavam pela causa da morte, e ela referia tudo, a hora, o gesto, a ocasião: tinha ido

beber água, e enchia um copo, à janela da área. Tudo decorei, à força de ouvi-la contar.

Nem por isso os meninos do colégio deixavam de vir espiar para dentro da minha memória. Um deles chegou a perguntar-me quando é que eu voltaria.

— Sábado, meu filho, disse minha mãe, quando lhe repeti a pergunta imaginada; a missa é sexta-feira. Talvez seja melhor voltar na segunda.

— Antes sábado, emendei.

— Pois sim, concordou.

Não sorria; se pudesse, sorriria de gosto ao ver que eu queria voltar mais cedo à escola. Mas, sabendo que eu não gostava de aprender, como entenderia a emenda? Provavelmente, deu-lhe algum sentido superior, conselho do céu ou do marido. Em verdade, eu não folgava, se lerdes isto com o sentido de rir. Com o de descansar também não cabe, porque minha mãe fazia-me estudar, e, tanto como o estudo, aborrecia-me a atitude. Obrigado a estar sentado, com o livro nas mãos, a um canto ou à mesa, dava ao diabo o livro, a mesa e a cadeira. Usava um recurso que recomendo aos preguiçosos: deixava os olhos na página e abria a porta à imaginação. Corria a apanhar as flechas dos foguetes, a ouvir os realejos, a bailar com meninas, a cantar, a rir, a espancar de mentira ou de brincadeira, como for mais claro.

Uma vez, como desse por mim a andar na sala sem ler, minha mãe repreendeu-me, e eu respondi que estava pensando em meu pai. A explicação fê-la chorar, e, para dizer tudo, não era totalmente mentira; tinha-me lembrado o último presentinho que ele me dera, e entrei a vê-lo com o mimo na mão.

Felícia vivia tão triste como eu, mas confesso a minha verdade, a causa principal não era a mesma. Gostava de brincar, mas não sentia a ausência do brinco, não se lhe dava de acompanhar a mãe, coser com ela, e uma vez fui achá-la a enxugar-lhe os olhos. Meio vexado, pensei em imitá-la, e meti a mão no bolso para tirar o lenço. A mão entrou sem ternura, e, não achando o lenço, saiu sem pesar. Creio que ao gesto não faltava só originalidade, mas sinceridade também.

Não me censurem. Sincero fui longos dias calados e reclusos. Quis uma vez ir para o armarinho, que se abriu depois do enterro, onde o caixeiro continuou a servir. Conversaria com este, assistiria à venda de linhas e agulhas, à medição de fitas, iria à porta, à calçada, à esquina da rua... Minha mãe sufocou este sonho pouco depois dele nascer. Mal chegara ao balcão, mandou-me buscar pela escrava; lá fui para o interior da casa e para o estudo. Arrepelei-me, apertei os dedos à guisa de quem quer dar murro; não me lembra se chorei de raiva.

O livro lembrou-me a escola, e a imagem da escola consolou-me. Já então lhe tinha grandes saudades. Via de longe as caras dos meninos, os nossos gestos de troça nos bancos, e os saltos à saída. Senti cair-me na cara uma daquelas bolinhas de papel com que nos espertávamos uns aos outros, e fiz a minha e atirei-a ao meu suposto espertador. A bolinha, como acontecia às vezes, foi cair na cabeça de terceiro, que se desforrou depressa. Alguns, mais tímidos, limitavam-se a fazer caretas. Não era folguedo franco, mas já me valia por ele. Aquele degredo que eu deixei tão alegremente com tio Zeca, parecia-me agora um céu remoto, e tinha medo de o perder. Nenhuma festa em casa, poucas palavras, raro movimento. Foi por esse tempo que eu desenhei a lápis maior número de gatos nas margens do livro de leitura; gatos e porcos. Não alegrava, mas distraía.

A missa do sétimo dia restituiu-me à rua; no sábado não fui à escola, fui à casa de meu padrinho, onde pude falar um pouco mais, e no domingo estive à porta da loja. Não era alegria completa. A total alegria foi segunda-feira, na escola. Entrei vestido de preto, fui mirado com curiosidade, mas tão outro ao pé dos meus condiscípulos, que me esqueceram as férias sem gosto, e achei uma grande alegria sem férias.

Machado de Assis e a filosofia

Se Machado de Assis foi "o mais profundamente brasileiro de nossos escritores", conforme observou a crítica nas últimas décadas, também é verdade que foi dos poucos a conseguir, graças à sua capacidade de alcançar o geral pelo mergulho no particular, uma literatura brasileira e verdadeiramente universal. "Um mestre na periferia do capitalismo" foi como o chamou o crítico Roberto Schwarz. Na periferia e, ao mesmo tempo, no centro do intenso debate literário e intelectual que se travou no século XIX em distintas partes do mundo ocidental.

Naquele momento, inventava-se o homem moderno, de acordo mas também em contraste com a civilização burguesa que se desenvolvia na Europa — e Machado, mesmo vivendo em ambiente atrasado, participou dessa invenção. Cem anos após a morte do escritor, o interesse por sua obra cresce dentro e fora do país. É realmente curioso, conforme assinalou Alfredo Bosi, que o autor de *Memórias póstumas de Brás Cubas*, tendo fixado atentamente o Brasil urbano do século XIX, "mas pensando como um analista moral do século XVIII", continue no nosso mundo contemporâneo a soar como uma voz inquietante e provocadora.

Nas páginas seguintes, o leitor encontra um material amplo e diversificado sobre as relações de Machado de Assis com a filosofia. Inicialmente, há um apanhado de suas principais fontes filosóficas — dos sábios da Antiguidade aos mestres do pensamento moderno. Em seguida, reunimos textos sobre os filósofos com os quais Machado teve um diálogo mais fecundo, além de fragmentos de suas principais obras. Nas páginas finais, como complemento — e também contra-ponto ao universalismo inquestionável de Machado —, encontra-se um resumo da trajetória do escritor, no qual se procurou evidenciar suas relações com o tempo e o espaço, isto é, a história do Brasil e a paisagem do Rio de Janeiro.

Após a leitura dos contos, esse conjunto de informações permitirá um conhecimento mais aprofundado da visão de mundo machadiana — uma compreensão não apenas das raízes desse pensamento, mas também de sua extraordinária modernidade.

O PENSAMENTO DE MACHADO DE ASSIS

Ivan Marques

Machado não foi um filósofo. No entanto, sua "mania raciocinante" esteve desde cedo entre as características que mais despertaram a atenção dos críticos, observada tanto pelos que admiravam a feição universal de sua obra quanto por aqueles que, a exemplo de Sílvio Romero e Mário de Andrade, o acusavam de ser um grande escritor, mas infelizmente não muito brasileiro. Com efeito, *pensar* e *ruminar* são palavras recorrentes na prosa machadiana, assim como é notável o enxame de paradoxos, teorias e "cogitações filosóficas".

Devorador de livros, estudioso dos mestres do pensamento antigo e moderno, Machado adotou em sua obra madura a "forma livre" usada no romance *A vida e as opiniões do cavalheiro Tristram Shandy* por Laurence Sterne (1713–1768), uma de suas principais fontes literárias. Com essa forma digressiva e fragmentária, o escritor irlandês apresenta um extravagante desfile de erudição, percorrendo o saber acumulado ao longo de séculos em diversas matérias. Do mesmo modo, o volúvel Brás Cubas — que no dizer do crítico Augusto Meyer "fez do seu capricho uma regra de composição" — borboleteia por entre ideias e doutrinas filosóficas, como quem troca de botas ou de camisas. A digressão torna-se mais importante que a matéria principal. Daí a multiplicação de teorias, historietas, apólogos e narrativas de caráter edificante ou moral, a comprovar, no juízo de alguns estudiosos, que o talento maior de Machado era para a história curta, a ponto de construir seus romances como uma sucessão de episódios isolados.

Em 1896, quando saiu o volume de contos *Várias histórias*, o crítico José Veríssimo escreveu que Machado de Assis se distinguia no panorama da literatura brasileira por ser "um artista forrado de um filósofo". A presença da filosofia se tornou um dos tópicos mais estudados na obra do escritor e um dos debates mais animados de nossa história literária. Entretanto, ao estudar as fontes do "pensamento filosófico" de Machado, é preciso advertir de saída que não se trata em definitivo de um sistema articulado e coerente, oferecendo-se antes como uma concepção ficcional, vazada em forma estética e expressa por narradores que, como sabemos, não se confundem com o autor real. Jamais seria possível atribuir-lhe um caráter sério ou dogmático, pois, como se vê em *Memórias póstumas de Brás Cubas*, essa filosofia timbra em ser "desigual, agora austera, logo brincalhona, coisa que não edifica nem destrói, não inflama nem regala e é todavia mais do que passatempo e menos do que apostolado".

Isso posto, qual é a visão de mundo que emana das páginas de Machado de Assis? *Metafísica da negatividade* e *pirronismo niilista* foram algumas das expressões usadas pela crítica para definir o seu pensamento. Para além das "rabugens de pessimismo" — que se dirigem tanto à história quanto à natureza, vista no delírio de Brás Cubas a um só tempo como mãe e inimiga —, haveria na obra de Machado uma atitude profundamente cética, que vai da atração pelo relativismo à quase absoluta descrença. A verdade e a mentira, o bem e o mal, o justo e o injusto, o bonito e o feio, tudo se equipara aos olhos do homem cético, cuja razão duvida o tempo inteiro da possibilidade de se conhecer o real. Na escrita machadiana, prevalece sempre o tom dubitativo e desconfiado, ocorrendo a todo instante brutais inversões de valores, como podemos observar nos contos reunidos nesta antologia — especialmente "O espelho", com sua estranha teoria sobre o problema da identidade.

"As aparências enganam; foi a primeira banalidade que aprendi na vida, e nunca me dei mal com ela", escreve Machado numa crônica de

A Semana. E continua: "Daquela disposição nasceu em mim esse tal ou qual espírito de contradição que alguns me acham, certa repugnância em execrar sem exame vícios que todos execram, como em adorar sem análise virtudes que todos adoram. Interrogo a uns e a outros, dispo-os, palpo-os, e se me engano, não é por falta de diligência em buscar a verdade. O erro é deste mundo."

Entre as fontes que inspiraram Machado estão, em primeiro lugar, os livros sapienciais da Bíblia, sobretudo o **Eclesiastes**, cuja visão desencantada do mundo (regido pela vaidade das coisas humanas) também desemboca, a seu modo, no abalo das certezas. Na Grécia antiga, além da lição dos **céticos**, ele colheu ainda inspiração na filosofia dos **pré-socráticos**. Os aforismos de **Heráclito**, com a afirmação do eterno movimento e da luta dos contrários, exerceram enorme influência sobre o pensamento machadiano. Como observou o crítico Astrojildo Pereira, na obra de Machado tudo é contraste, contradição, conflito. Em *Esaú e Jacó*, o personagem Aires adverte: "Não esqueçamos o que dizia um antigo, que 'a guerra é a mãe de todas as coisas'". A luta e a discórdia tornam-se sinônimos da própria vida.

São do Renascimento e da Idade Moderna, entretanto, as fontes mais citadas e reconhecidas da obra de Machado de Assis. Acima de todas as influências, paira inequivocamente — mas com muita controvérsia — a leitura de **Pascal**, que o acompanhou ao longo da vida quase como uma devoção. O que teria tornado possível o parentesco intelectual de Machado com esse filósofo consolado pela *graça divina* e tão austero em sua religiosidade? Com certeza não foi a crença no Paraíso, mas antes a consciência da trágica condição humana, que, se não fez de Pascal um pessimista radical, ao menos deixou seu espírito definitivamente marcado pela perplexidade. A essa afinidade central, embora contraditória, deve-se acrescentar ainda o constante diálogo de Machado com as obras de **Montaigne** e **Maquiavel**, com o "conto filosófico" de Voltaire e Diderot e com as máximas dos moralistas Vauvenargues, La Bruyére e La Rochefoucauld.

Eclesiastes

O *Eclesiastes* é um dos chamados livros sapienciais do Antigo Testamento. Calcula-se que tenha sido composto por volta de 250 a.C. As reflexões do livro são atribuídas a Salomão, o mais ilustre dos sábios, mas é certo que não foi ele o seu autor. No Oriente Antigo, a sabedoria tinha um sentido prático e ensinava a arte de bem viver. No caso do *Eclesiastes*, as reflexões possuem ainda um caráter especulativo, que levou muitos estudiosos a aproximá-lo do pensamento grego. "Tudo é vaidade" — esta afirmação é uma espécie de motivo condutor da obra.

> Que proveito tira o homem de todo o trabalho com que se afadiga debaixo do sol? Uma geração passa, outra lhe sucede, enquanto a terra permanece para sempre. (*Ecl* 1, 3-4)

Embora acredite na perfeição, na justiça e na bondade de Deus, o autor também se interroga sobre a existência do Mal e considera tudo decepcionante: a ciência, a riqueza, o amor e a própria vida, que termina pela velhice e pela morte.

> Toda palavra é enfadonha e ninguém é capaz de explicá-la. A vista não se sacia de ver, nem o ouvido se farta de ouvir.
> O que foi, será,
> o que sucedeu, sucederá:
> nada há de novo debaixo do sol! (*Ecl* 1, 8-9)

O sábio do *Eclesiastes* — assim como Jó, o homem justo abatido pela doença — reflete com amargura sobre a distribuição dos bens e dos sofrimentos na terra: "Já vi de tudo em minha vida cheia de ilusões: gente honrada que fracassa por sua honradez, gente malvada que prospera por sua malvadez" (*Ecl* 7,15). Seria exagero considerar o autor dessas palavras um cético. Resignado e triste, ele parece afirmar a inutilidade de todos os esforços. Ao mesmo tempo, convoca-nos a aproveitar os prazeres e os bons momentos da vida.

O texto é obscuro, acumulando dúvidas e contradições. Mas há uma certeza que resiste a todos os questionamentos. Para os pensadores do Antigo Testamento, as razões divinas são inacessíveis à pequenez da razão humana — e a verdadeira sabedoria é o temor de Deus.

Com tantas influências de velhos autores, e com esse gosto pelas fábulas e pelas sentenças dos livros sapienciais, era natural que Machado passasse a ser visto como uma espécie de "moralista antigo". Mas o escritor brasileiro não deixou de ser um homem do seu tempo, como prova a leitura atualizada dos autores contemporâneos e seu diálogo com o pensamento filosófico e científico do século XIX. Aqui avultam as presenças de **Schopenhauer** e **Darwin**. Do primeiro, a sua visão pessimista pôde aproveitar ideias importantes como a carência de sentido na vida humana, entendida como uma agitação despropositada no fluxo incessante e contraditório da natureza. A famosa teoria do *Humanitismo*, exposta nos romances *Memórias póstumas de Brás Cubas* e *Quincas Borba*, já foi associada com a "metafísica da vontade" de Schopenhauer. Em Machado, todavia, a vontade de viver, que se traduz no egoísmo da autoconservação, parece ter relação mais próxima com a *luta pela vida* da teoria de Darwin. E, mais uma vez, louva-se a guerra como função específica do gênero humano: "Ao vencido, ódio ou compaixão; ao vencedor, as batatas".

Mas é preciso cautela para não confundir o pensamento machadiano, na verdade pessimista, com o otimismo dos positivistas e dos evolucionistas do século XIX. A própria visão da "natureza madrasta", exposta no **delírio de Brás Cubas** e claramente inspirada nas concepções do poeta **Giacomo Leopardi**, contraria as ideologias progressistas. E não será exagero dizer que, a despeito de suas raízes antigas, o pensamento de Machado supera em muitos aspectos os limites do seu tempo, não apenas dialogando com as obras revolucionárias de **Marx**, **Nietzsche** e **Freud** — que provavelmente ele não conheceu —, mas prenunciando até mesmo ideias e reflexões que só apareceriam no século XX, pelas mãos dos filósofos existencialistas e dos grandes autores da literatura moderna. A esse respeito, basta lembrar o impulso dado por Machado à crítica social e à transmutação dos valores, o apreço que ele revela pelos sonhos, a curiosidade pelo funcionamento psíquico e, inclusive, por seus aspectos inconscientes.

Por fim, o estudo da filosofia em Machado de Assis não deve desprezar um dado importante e constitutivo da sua genialidade literária: o humor. O escritor ria de tudo e inclusive dos filósofos, que em sua obra, a exemplo do que ocorria nas sátiras da Antiguidade, sofrem uma insistente detratação irônica. O Humanitismo é uma construção paródica, assim como as outras "teorias" que se espalham pelos romances e contos: a teoria do medalhão, a lei da equivalência das janelas, o paralelo da vida com a ópera, as teorias dos benefícios, dos interesses, das virtudes, das edições etc. O homem é uma "errata pensante", diz Brás Cubas, corrigindo Pascal. A famosa advertência de Shakespeare, segundo a qual "há mais coisas entre o céu e a terra do que sonha a nossa filosofia",

Humanitismo

"— Humanitas é o princípio. Há nas cousas todas certa substância recôndita e idêntica, um princípio único, universal, eterno, comum, indivisível e indestrutível, — ou, para usar a linguagem do grande Camões:

Uma verdade que nas cousas anda,
Que mora no visíbil e invisíbil.

Pois essa substância ou verdade, esse princípio indestrutível é que é Humanitas. Assim lhe chamo, porque resume o universo, e o universo é o homem. Vais entendendo?

— Pouco; mas, ainda assim, como é que a morte de sua avó...

— Não há morte. O encontro de duas expansões, ou a expansão de duas formas, pode determinar a supressão de uma delas; mas, rigorosamente, não há morte, há vida, porque a supressão de uma é a condição da sobrevivência da outra, e a destruição não atinge o princípio universal e comum. Daí o caráter conservador e benéfico da guerra. Supõe tu um campo de batatas e duas tribos famintas. As batatas apenas chegam para alimentar uma das tribos, que assim adquire forças para transpor a montanha e ir à outra vertente, onde há batatas em abundância; mas, se as duas tribos dividirem em paz as batatas do campo, não chegam a nutrir-se suficientemente e morrem de inanição. A paz, nesse caso, é a destruição; a guerra é a conservação. Uma das tribos extermina a outra e recolhe os despojos. Daí a alegria da vitória, os hinos, aclamações, recompensas públicas e todos os demais efeitos das ações bélicas. Se a guerra não fosse isso, tais demonstrações não chegariam a dar-se, pelo motivo real de que o homem só comemora e ama o que lhe é aprazível ou vantajoso, e pelo motivo racional de que nenhuma pessoa canoniza uma ação que virtualmente a destrói. Ao vencido, ódio ou compaixão; ao vencedor, as batatas."

Quincas Borba

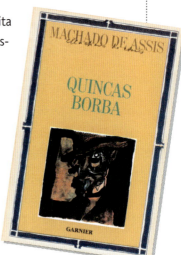

também recebe diversas glosas. O rebaixamento caricatural da filosofia ocorre em inúmeras passagens, como na abertura do conto "O empréstimo", incluído nesta antologia, e na criação do personagem Quincas Borba, capaz de trincar uma asa de frango "com filosófica serenidade".

Sem a consideração desse humor, que é a matriz do ceticismo de Machado de Assis, não se pode compreender a obra desse autor e seu pensamento tão particular, que assimilou influências sem se submeter a elas, usando e zombando de todas as filosofias.

Leopardi e o delírio de Brás Cubas

"O delírio" (sétimo capítulo do livro *Memórias póstumas de Brás Cubas*) é uma das passagens mais célebres de toda a obra machadiana. Nela, o narrador do romance conta sua vertiginosa viagem à origem dos séculos, conduzido por um hipopótamo, e seu encontro com o "vulto imenso" de uma mulher enigmática: "Chama-me Natureza ou Pandora; sou tua mãe e tua inimiga".

O crítico austríaco Otto Maria Carpeaux foi o primeiro a notar a semelhança dessa famosa cena com o *Diálogo da Natureza e de um islandês*, que faz parte das *Obras morais*, do poeta italiano Giacomo Leopardi (1798–1837). No ensaio "Uma fonte da filosofia de Machado de Assis", Carpeaux compara as duas obras e mostra o parentesco do escritor brasileiro com o italiano, ambos leitores de Pascal (e ambos materialistas, não cristãos).

Giacomo Leopardi (1798–1837).

O personagem de Leopardi também encontra no deserto "um vulto grandíssimo, figura desmesurada de mulher". Impassível, ela lhe explica a lei que rege o universo, definido como "um círculo perpétuo de produção e destruição". E pergunta com crueldade: "Acreditaste que este mundo tenha sido criado para ti?".

Em *Memórias póstumas de Brás Cubas*, o narrador interroga: "Quem me pôs no coração este amor da vida, senão tu: e, se eu amo a vida, por que te hás de golpear a ti mesma, matando-me?". O desabafo do islandês de Leopardi é bem parecido: "Acaso te pedi para me pores neste universo?". Segundo o filósofo Benedito Nunes, os dois diálogos têm um fundo metafísico que remonta ao conflito da vontade individual com a vontade universal, dramatizado, no século XIX, pela filosofia pessimista de Schopenhauer.

SOBRE AS FONTES FILOSÓFICAS DE MACHADO

Adilson Miguel*

OS PRIMEIROS FILÓSOFOS

Antes do aparecimento da filosofia e das ciências propriamente ditas, o que havia era o pensamento mítico. Para explicar as origens do homem, da Terra, dos astros etc., os gregos antigos recorriam aos mitos — narrativas fabulosas que descreviam o surgimento de todas as coisas como resultado das relações de forças divinas. Eram os poetas, autoridades no assunto, que faziam esses relatos e contavam com a confiança dos ouvintes.

A filosofia surge na Grécia entre o final do século VII a.C. e o início do século VI a.C., em decorrência de algumas condições históricas: as viagens marítimas, a criação do calendário, a invenção da moeda, a vida urbana, o surgimento da escrita alfabética e a invenção da política.

O pensamento filosófico que aparece naquele momento tem como preocupação central explicar racionalmente a origem do mundo e as causas das transformações na Natureza. Busca a elaboração de uma *cosmologia*, fundada em princípios racionais, para substituir a *cosmogonia* dos relatos míticos.

---

* Adilson Miguel é editor. Graduado em Filosofia pela Universidade de São Paulo, foi também professor dessa disciplina.

Os primeiros filósofos ficaram conhecidos como *pré-socráticos* — a divisão da filosofia grega tem como base a figura do pensador ateniense Sócrates (cerca de 470–399 a.C.). Dentre eles, podemos destacar: Tales, Anaximandro, Anaxímenes, Xenófanes, Heráclito, Pitágoras, Parmênides, Zenão, Empédocles, Anaxágoras, Demócrito.

Infelizmente, os escritos desses pensadores desapareceram ao longo do tempo, restando apenas alguns fragmentos e referências feitas por autores posteriores.

Filósofo de Porticello (cerca de 460–440 a.C.). O pensamento filosófico surge na Grécia antiga com a preocupação de encontrar explicações racionais para a origem do mundo e as transformações da Natureza.

FRAGMENTOS:

Terra e água é tudo quanto vem a ser e cresce.
Xenófanes, fg. 29, citado por Simplício, *Física*, 188, 32.

Necessário é o dizer e pensar que (o) ente é; pois é ser, e nada não é; isto eu te mando considerar.
Parmênides, fg. 6, citado por Simplício, *Física*, 117, 2.

Outra te direi: não há criação de nenhuma dentre todas (as coisas) mortais, nem algum fim em destruidora morte, mas somente mistura e dissociação das (coisas) misturadas é o que é, e criação isso se denomina entre homens.
Empédocles, fg. 8, citado por Plutarco, *Contra Colotes*, 10.

Mas o nascer e perecer, os gregos não consideram corretamente; pois nenhuma coisa nasce nem perece, mas de coisas que são se mistura e se separa. E assim corretamente se poderia chamar o nascer misturar-se e o perecer separar-se.
Anaxágoras, fg. 17, citado por Simplício, *Física*, 163, 18.

HERÁCLITO DE ÉFESO

Heráclito (cerca de 540–470 a.C.) foi um dos mais importantes filósofos pré-socráticos — para muitos, o mais extraordinário de todos. Pouco sabemos sobre sua vida. Nasceu em Éfeso, na Jônia, e pertenceu à família real de sua cidade. Parece que possuía um caráter altivo, misantrópico e melancólico.

Para Heráclito, há uma diferença fundamental entre o conhecimento que obtemos por meio dos sentidos e o conhecimento que nosso pensamento alcança. Isso explica o fato de percebermos as coisas como estáveis e permanentes, quando na verdade, segundo ele, este mundo sempre foi, e será sempre, um fogo eternamente vivo, acendendo e apagando sem cessar.

De acordo com o filósofo, tudo está em constante mudança, a cada instante. É famosa sua afirmação de que não podemos tomar banho duas vezes num mesmo rio, pois nem as águas nem nós continuamos os mesmos. A Natureza seria um "fluxo perpétuo" dos seres em eterna renovação.

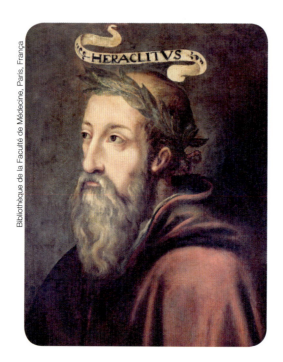

Heráclito de Éfeso (cerca de 540–470 a.C.). Representação do filósofo feita por um artista francês do século XVII. Considerado por muitos como o mais importante dos pensadores pré-socráticos, Heráclito acreditava que tudo está em constante transformação.

Bibliothèque de la Faculté de Médecine, Paris, França

Heráclito acredita que a unidade fundamental de todas as coisas está no que ele chama de *Logos*. Trata-se de uma unidade de tensões antagônicas. As oposições surgem e desaparecem o tempo todo: o dia vira noite, o novo fica velho, o verão se torna outono, o quente esfria... O *Logos* representaria, assim, a harmonia dos opostos, a unidade nas mudanças e tensões que regeria todos os planos da realidade — o físico, o biológico, o psicológico, o político, o moral.

FRAGMENTOS:

Heráclito (dizendo que) o contrário é convergente e dos divergentes nasce a mais bela harmonia, e tudo segundo a discórdia.
Heráclito, fg. 8, citado por Aristóteles, *Ética e Nicômaco*, VIII, 2. 1155 b 4.

Conjunções o todo e o não todo, o convergente e o divergente, o consoante e o dissoante, e de todas as coisas um e de um todas as coisas.
Heráclito, fg. 10, citado por Aristóteles, *Do Mundo*, 5.396 b 7.

Este mundo, o mesmo de todos os (seres), nenhum deus, nenhum homem o fez, mas era, é e será um fogo sempre vivo, acendendo-se em medidas e apagando-se em medidas.
Heráclito, fg. 30, citado por Clemente de Alexandria, *Tapeçarias*, V, 105.

O combate é de todas as coisas pai, de todas rei, e uns ele revelou deuses, outros homens; de uns fez escravos, de outros livres.
Heráclito, fg. 53, citado por Hipólito, *Refutação*, IX, 9.

Más testemunhas para os homens são olhos e ouvidos, se almas bárbaras eles têm.
Heráclito, fg. 107, citado por Sexto Empírico, *Contra os Matemáticos*, VII, 126.

CETICISMO

Alexandre, o Grande, morre em 323 a.C. — um ano antes de Aristóteles, o último filósofo clássico da Grécia —, marcando o início do período que os historiadores classificam como *helenístico*.

Nesse momento, a história da filosofia também registra uma ruptura muito clara, com o aparecimento de três correntes filosóficas: o Estoicismo, o Epicurismo e o Ceticismo. As duas primeiras, bastante dogmáticas, se desenvolveram em escolas organizadas; quanto ao Ceticismo, mais correto seria pensá-lo como um estado de espírito comum a pensadores e escolas de origens diversas.

O primeiro cético teria sido Pirro de Élida, figura lendária que vivera nos séculos IV e III a.C. Não tendo deixado nada escrito, não exerceu grande influência na Antiguidade. Sabemos de suas ideias apenas por meio de outros pensadores. Depois dele, vários filósofos — em especial Enesidemo e Sexto Empírico — vieram desenvolver o pensamento cético.

O Ceticismo surge justamente como reação ao dogmatismo, como resposta àquelas doutrinas que afirmam a possibilidade de o conhecimento humano alcançar verdades absolutas, incondicionais.

Como no Estoicismo e no Epicurismo, a busca da felicidade tem um papel importante no pensamento cético. Para as três correntes, a felicidade está associada com a *apathia* (ausência de paixão) e com a *ataraxia* (ausência de perturbação da mente). No caso dos céticos, porém, a ataraxia não depende de alguma proposição teórica para ser alcançada. Pelo contrário, é quando não se consegue afirmar ou negar nada, é quando ocorre a suspensão do juízo (*epoché*, em grego) que se atinge a ataraxia.

Em outras palavras, os céticos não veem a verdade como algo acessível. O que conhecemos são as representações de uma realidade. Quem garante que o objeto que eu estou vendo é de fato como o vejo? Outros não o veriam de outro modo? Como não podemos ter certeza de nada, o melhor é não fazer nenhuma afirmação e suspender o juízo. Segundo os céticos, assim estaríamos alcançando um estado de serenidade da mente. E, por conseguinte, a felicidade.

Ao longo de toda a Idade Média, o Ceticismo ficou meio esquecido. Só a partir do século XV esse pensamento reaparece em textos de vários autores. Um filósofo representativo dessa retomada cética é o francês Michel de Montaigne (1533–1592). Em seus *Ensaios*, ele procura negar o dogmatismo e instaurar a dúvida em relação às teorias que se pretendem detentoras de verdades acerca das coisas. Montaigne recorre principalmente aos argumentos do filósofo cético Sexto Empírico, autor da obra chamada *Hipotiposes pirroneanas*.

Michel de Montaigne (1533–1592). O filósofo francês retoma as ideias do Ceticismo antigo, baseando-se principalmente na argumentação do grego Sexto Empírico.

FRAGMENTOS:

... o mel nos parece doce (admitimos isso, pois percebemos a doçura por meio dos sentidos), mas se ele realmente é doce em sua essência para nós é matéria de dúvida, pois isso não seria aparência, mas um julgamento sobre a aparência.
 Sexto Empírico, *Hipotiposes pirroneanas*, I, cap. X.

... os céticos tinham a esperança de alcançar a quietude por meio de uma decisão acerca da disparidade entre os objetos dos sentidos e os do pensamento, e sendo incapazes de conseguir isso, suspenderam o juízo; e eles acabaram encontrando a quietude, como por acaso...
 Sexto Empírico, *Hipotiposes pirroneanas*, I, cap. XII.

O homem não pode impedir que os sentidos não sejam os soberanos mestres dos conhecimentos que possui; mas estes não oferecem certeza e sempre podem induzi-lo em erro.
 Montaigne, *Ensaios*, II, cap. XII.

MAQUIAVEL

Nicolau Maquiavel (1469-1527). Para o pensador italiano, o objetivo principal da política é a tomada e a conservação do poder.

Nicolau Maquiavel (1469-1527) nasceu na cidade italiana de Florença. Entrou para a política aos 29 anos, durante o governo de Lourenço de Médicis, assumindo o cargo de secretário da Segunda Chancelaria, posição que lhe permitiu fazer inúmeras viagens e conhecer figuras importantes.

A Itália, naquele momento, não tinha a menor estabilidade política. Dividida em principados e condados com milícias próprias, mostrava-se vulnerável e fragmentada. Diante dessa situação, Maquiavel concebeu uma figura capaz de promover um estado unificado, forte e estável. Esse personagem foi descrito no livro *O príncipe* — obra pequena em tamanho, mas demolidora e revolucionária por seu conteúdo.

É com base na experiência real de seu tempo que Maquiavel apresenta suas ideias. Abandonando utopias e idealizações, ele rompe com o pensamento político tradicional e constata que a corrupção e a violência sempre estiveram presentes nas ações dos homens. Por isso a política deve ter como pressuposto uma natureza humana capaz do mal e do erro.

Maquiavel rejeita o legado ético-cristão e, sem hipocrisia, propõe a ação eficaz. Para ele, a política tem por finalidade a tomada e a conservação do poder — que não provém de Deus, da razão ou de qualquer ordem natural. Ou seja, os valores políticos devem ser medidos pela eficiência prática e pela utilidade social. A lógica política demanda objetividade. As ações devem visar fins precisos e não podem ser guiadas por virtudes éticas — que são admitidas apenas na esfera privada de cada indivíduo.

FRAGMENTOS:

Assim, são teus inimigos todos aqueles que se sentem ofendidos pelo fato de ocupares o principado; e também não podes conservar como amigos aqueles que te puseram ali, pois estes não podem ser satisfeitos como pensavam.

Maquiavel, *O príncipe*, cap. III.

Deve-se notar que os homens devem ser mimados ou exterminados, pois se se vingam de ofensas leves, das graves já não podem fazê-lo. Assim, a injúria que se faz deve ser tal, que não se tema a vingança.

Maquiavel, *O príncipe*, cap. III.

O desejo de conquistar é coisa verdadeiramente natural e ordinária e os homens que podem fazê-lo serão sempre louvados e não censurados. Mas se não podem e querem fazê-lo, de qualquer modo, é que estão em erro, e são merecedores de censura.

Maquiavel, *O príncipe*, cap. III.

Assim, é necessário a um príncipe, para se manter, que aprenda a poder ser mau e que se valha ou deixe de valer-se disso segundo a necessidade.

Maquiavel, *O príncipe*, cap. XV.

Sendo, portanto, um príncipe obrigado a bem servir-se da natureza da besta, deve dela tirar as qualidades da raposa e do leão, pois este não tem defesa alguma contra os laços, e a raposa, contra os lobos. Precisa, pois, ser raposa para conhecer os laços e leão para aterrorizar os lobos. [...] Mas é necessário disfarçar muito bem esta qualidade e ser bom simulador e dissimulador. E tão simples são os homens, e obedecem tanto às necessidades presentes, que aquele que engana sempre encontrará quem se deixe enganar.

Maquiavel, *O príncipe*, cap. XVIII.

PASCAL

Blaise Pascal (1623–1662) nasceu em Clermont-Ferrand, na França. Como perdera a mãe aos três anos de idade e era o único filho do sexo masculino, seu pai, o matemático Étienne Pascal, se apegou muito a ele, a ponto de cuidar pessoalmente de sua educação, sem nunca enviá-lo a nenhum colégio.

Desde cedo, Pascal demonstrou uma inteligência extraordinária, revelando-se um gênio precoce em matemática e em outras áreas. Ao longo da vida, realizou experimentos e produziu importantes trabalhos científicos.

O envolvimento efetivo de Pascal no debate religioso começou na época em que ele vivia na cidade francesa de Rouen. As discussões teológicas o aproximaram do movimento espiritual que ficou conhecido como jansenismo — por causa de seu fundador, o bispo holandês Cornélio Jansênio.

O jansenismo abalou a Igreja Católica durante os séculos XVII e XVIII. Essa corrente queria se contrapor ao racionalismo dos teólogos medievais e pregava o retorno do catolicismo à disciplina e à moral dos primeiros tempos cristãos. Os jansenistas afirmavam a impossibilidade da realização de uma existência válida neste mundo, o que levaria ao abandono não só da vida mundana mas de toda função social.

O movimento foi condenado pelo papa Alexandre VI, e Pascal se submeteu ao poder do pontífice, abandonando a militância religiosa. A partir daí, seus escritos perderam o caráter apologético e se tornaram trágicos.

Essa visão trágica diverge bastante do racionalismo da época. Embora reconheça os avanços do novo conhecimento científico, Pascal rejeita imaginar este mundo como a

Blaise Pascal (1623–1662). Opondo-se à visão racionalista dominante em sua época, Pascal via o homem como uma criatura solitária, um verdadeiro poço de miséria e fraqueza.

única perspectiva do ser humano e prega o retorno à moral e à fé. Em sua visão, o homem é uma criatura solitária e perdida. Enquanto os racionalistas valorizam o indivíduo por sua força racional, Pascal o considera um poço de miséria e fraqueza. Seu único valor seria a consciência que ele tem de sua própria limitação e fragilidade.

FRAGMENTOS:

Zombar da filosofia é, em verdade, filosofar.
Pascal, *Pensamentos*, I, 4.

Afinal, que é o homem dentro da natureza? Nada em relação ao infinito; tudo em relação ao nada; um ponto intermediário entre tudo e nada. Infinitamente incapaz de compreender os extremos, tanto o fim das coisas como o seu princípio permanecem ocultos num segredo impenetrável, e é-lhe igualmente impossível ver o nada de onde saiu e o infinito que o envolve.
Pascal, *Pensamentos*, II, 72.

O homem não passa, portanto, de disfarce, mentira e hipocrisia, tanto em face de si próprio como em relação aos outros. Não quer que lhe digam verdades e evita dizê-las aos outros; e todos esses propósitos, tão alheios à justiça e à razão, têm em seu coração raízes naturais.
Pascal, *Pensamentos*, II, 100.

Não tendo conseguido curar a morte, a miséria, a ignorância, os homens lembraram-se, para ser felizes, de não pensar nisso tudo.
Pascal, *Pensamentos*, II, 168.

O homem não passa de um caniço, o mais fraco da natureza, mas é um caniço pensante. Não é preciso que o universo inteiro se arme para esmagá-lo: um vapor, uma gota de água, bastam para matá-lo. Mas, mesmo que o universo o esmagasse, o homem seria ainda mais nobre do que quem o mata, porque sabe que morre e a vantagem que o universo tem sobre ele; o universo desconhece tudo isso.
Pascal, *Pensamentos*, IV, 347.

SCHOPENHAUER

Arthur Schopenhauer (1788–1860) nasceu na Prússia, em Dantzig — cidade que hoje se chama Gdansk e pertence à Polônia. Sendo filho de um bem-sucedido comerciante, sua família queria que ele seguisse a profissão paterna, tanto que nunca se preocupou com sua formação intelectual. Foi só após a morte do pai que ele passou a se dedicar à carreira universitária, como era seu desejo. Ao longo dos anos, acumulou uma série de fracassos em sua trajetória pessoal e acadêmica. O reconhecimento veio apenas nos últimos anos de vida.

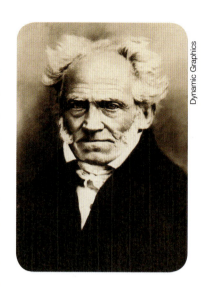

Arthur Schopenhauer (1788–1860). Segundo o filósofo, não existe satisfação duradoura, o prazer é apenas uma breve interrupção do sofrimento.

A principal obra de Schopenhauer chama-se *O mundo como vontade e representação*. Segundo o filósofo, o mundo é apenas *representação*, ou seja, só pode existir enquanto representado em alguma consciência. Para que o mundo (*objeto*) exista, é necessário que haja um indivíduo (*sujeito*) que o perceba.

Schopenhauer afirma que a experiência interna do indivíduo lhe garante que ele não é apenas mais um objeto entre outros. Mostra-lhe que é um ser ativo, que se move a si mesmo e cujo comportamento expressa uma *vontade* — sendo o corpo apenas a objetivação dessa vontade. Para o filósofo, a vontade seria ainda o princípio fundamental da natureza, presente em todas as ações, das grandes às pequeníssimas.

Mas a vontade também é a fonte de todos os sofrimentos. Bastante pessimista, Schopenhauer não lhe atribui nenhum objetivo ou finalidade: a vontade é só um mal inerente à existência humana. Qualquer possível felicidade seria apenas a interrupção temporária desse processo doloroso. Não há satisfação durável e o prazer só existe enquanto instante passageiro de ausência de dor.

A obra de Schopenhauer exerceu forte influência em diversos pensadores que o sucederam. O filósofo alemão Friedrich Nietzsche foi bastante seduzido pela ideia de uma vontade que tudo domina. E o próprio Freud reconheceu que Schopenhauer antecipou noções importantes da psicanálise. Isso confirma a abrangência das ideias schopenhauerianas, já que esses autores são determinantes para o pensamento ocidental na virada do século XIX para o XX.

FRAGMENTOS:

Por isto o conhecimento a serviço da vontade conhece dos objetos praticamente nada além de suas relações, conhece os objetos somente enquanto existem neste momento, neste local, sob tais circunstâncias, por tais causas, com estes efeitos, em uma palavra, como coisas individuais; e suprimindo todas estas relações, também os objetos desapareceriam ao conhecimento, que deles nada mais conheceria.

Schopenhauer, *O mundo como vontade e representação*, l. III, § 33.

Todo *querer* se origina da necessidade, portanto, da carência, do sofrimento. A satisfação lhe põe um termo; mas para cada desejo satisfeito, dez permanecem irrealizados. Além disto, o desejo é duradouro, as exigências se prolongam ao infinito; a satisfação é curta e de medida escassa. O contentamento finito, inclusive, é somente aparente: o desejo satisfeito, imediatamente dá lugar a um outro; aquele já é uma ilusão conhecida, este ainda não. Satisfação duradoura e permanente objeto algum do querer pode fornecer [...].

Schopenhauer, *O mundo como vontade e representação*, l. III, § 38.

O homem no fundo é um animal selvagem e terrível. Nós o conhecemos unicamente no estado subjugado e domesticado, denominado civilização: por isto nos assustam as eventuais erupções de sua natureza.

[...] no coração de cada um repousa efetivamente um animal selvagem, apenas à espera de uma oportunidade para bramir com fúria e devastação, na pretensão de prejudicar outros e mesmo, quando se lhe opõem, de aniquilá-los [...]. Eu, porém, afirmo: é o querer-viver, que, amargurado mais e mais pelo contínuo sofrimento da existência, procura aliviar seu próprio padecimento causando o dos outros.

Schopenhauer, *Parerga e paralipomena*, cap. VIII, § 114.

CHARLES DARWIN

Charles Robert Darwin (1809-1882) nasceu na cidade de Shrewsbury, Inglaterra. Aos dezesseis anos, foi estudar medicina na Universidade de Edimburgo. Porém acabou se desinteressando, e seu pai resolveu enviá-lo à Universidade de Cambridge, para que ele se tornasse um sacerdote anglicano.

Mas a vida religiosa também não o agradou, e em 1831 ele aceitou o convite para participar de uma expedição científica a bordo do navio Beagle, que duraria quase cinco anos. Essa viagem foi fundamental para o desenvolvimento do pensamento científico de Darwin. Visitando inúmeros lugares — inclusive o Brasil —, o jovem cientista pôde estudar aspectos geológicos, fósseis e organismos vivos, além de conhecer muitas pessoas.

Darwin voltou à Inglaterra com inúmeras questões na cabeça. Mas só em 1859 publicaria o livro *Origem das espécies*, com as principais ideias de sua teoria evolutiva. Rejeitando o princípio de fixidez das espécies, Darwin afirma que todas elas são descendentes de formas mais primitivas. Com o passar do tempo, sofreram modificações sucessivas, de modo a se tornarem mais adaptadas a seus ambientes.

Charles Darwin (1809-1882). A teoria da evolução transformou radicalmente o modo como a ciência e a filosofia concebiam a vida e o ser humano.

A teoria de Darwin se apoia no princípio da *seleção natural*. Todas as espécies apresentam indivíduos com características (como força, inteligência, aptidão para suportar rigores climáticos, imunidade a doenças, agressividade sexual etc.) que, em determinados ambientes, os colocam em vantagem com relação a seus companheiros. São esses indivíduos que sobrevivem e se reproduzem, enquanto os outros terminam por desaparecer. Ao longo de milênios, meios diferentes levarão à seleção de indivíduos diferentes, dando origem a novas espécies.

Embora em seu livro de 1859 Darwin não

afirme categoricamente que os humanos também teriam evoluído de ancestrais primitivos, essa noção já estava claramente implícita. Em obras posteriores, ele trataria do tema de forma aberta. O problema é que essa teoria contrariava a concepção religiosa, dominante na época, de que o homem fora criado à imagem e semelhança de Deus.

Por seu caráter controverso, até hoje há quem rejeite as ideias darwinianas. Mas o fato é que, com Darwin, a ciência deu uma guinada decisiva no modo de entender e pensar o homem e o mundo.

FRAGMENTOS:

Como, de cada espécie, nascem muito mais indivíduos do que o número capaz de sobreviver, e como, consequentemente, ocorre uma frequente retomada da luta pela existência, segue-se daí que qualquer ser que sofra uma variação, mínima que seja, capaz de lhe conferir alguma vantagem sobre os demais, dentro das complexas e eventualmente variáveis condições de vida, terá maior condição de sobreviver, tirando proveito da seleção natural.

Darwin, *Origem das espécies*, Introdução.

A vantagem da diversificação nos habitantes da mesma região é, efetivamente, a mesma que a da divisão do trabalho nos órgãos do corpo de um indivíduo [...]. E assim também é na economia geral de qualquer terra: quanto mais ampla e perfeitamente diversificados e adaptados a diferentes hábitos de vida forem os animais e vegetais, maior número de indivíduos será capaz de conseguir sobreviver ali. Um grupo de animais cujo organismo seja apenas pouco diversificado dificilmente poderia competir com outro grupo mais perfeitamente diversificado em sua estrutura orgânica.

Darwin, *Origem das espécies*, cap. IV.

Quando encaro todos os seres não como criações especiais, mas como descendentes lineares de uns poucos seres que viveram bem antes que se depositasse a primeira camada da Era Siluriana, a mim parece que tais seres saem engrandecidos [...]. E mais: das nossas espécies atuais, pouquíssimas deixarão descendentes de qualquer tipo num futuro muito distante [...].

Darwin, *Origem das espécies*, cap. XIV.

MARX, NIETZSCHE E FREUD

No século XIX, houve um avanço de várias concepções otimistas. A ideia de *progresso* desenvolveu-se fortemente. Havia uma confiança plena no conhecimento científico e tecnológico, como forma de controlar a Natureza, a sociedade e os indivíduos. Via-se no homem o poder de construir uma vida justa e feliz. E era dado como certo que o grande desenvolvimento da razão levaria ao conhecimento total da realidade e das ações humanas.

No entanto, alguns pensadores do final do século XIX e início do século XX apresentaram sérios questionamentos a esse otimismo racionalista. Três deles merecem destaque: Karl Marx (1818–1881), Friedrich Nietzsche (1844–1900) e Sigmund Freud (1856–1939). Para eles, a *razão*, fundada no princípio da *subjetividade*, é criadora de estruturas sociais que, ao invés de trazer a libertação, geram exploração, opressão e alienação do ser humano.

As ideias de Marx se concentraram mais na política e na economia. Um conceito chave em suas teorias é o de *ideologia*. Conforme a visão marxista, as pessoas têm apenas a ilusão de agir livre e racionalmente, segundo a própria vontade. Elas não percebem que seus pensamentos e ações são de fato determinados por uma força social invisível. A ideologia serve para ocultar as origens da sociedade, dissimular o conflito de interesses entre as classes sociais e negar as desigualdades. Marx faz a crítica do modo de produção capitalista, que domina a sociedade civil e instaura a luta de classes. Suas ideias mudaram o rumo da História: encontraram inúmeros seguidores e inspiraram "revoluções socialistas" em diversos países no século XX.

Bastante controverso, Nietzsche classificou sua obra como "filosofia do martelo", pois pretendia demolir os falsos valores e a hipocrisia presentes na sociedade e ao longo de toda a história do pensamento. O principal alvo de suas críticas é a moral que vê a razão humana como centro da vida ética. Para ele, *Deus está morto* e é necessário *transmutar* todos os valores. A moral racionalista é vista como repressora e obstáculo para a liberdade, pois transformou o que é natural e espontâneo nos indivíduos em vício e culpa. Segundo Nietzsche, essa é a moral dos fracos ou ressentidos, contrária à vida e às suas manifestações — as paixões, os desejos e a vontade. A sociedade seria governada por fracos hipócritas, que querem impor modelos éticos aos fortes com o objetivo de enfraquecê-los.

Freud foi um médico psiquiatra, criador de uma teoria que revolucionou a compreensão da mente humana, a *psicanálise*. Com esse pensador austríaco, a consciência e a razão perdem definitivamente sua soberania. Em sua concepção da vida psíquica, a consciência corresponde a uma parte ínfima e de menor importância. O que de fato conta é o *inconsciente* — a principal descoberta freudiana —, formado por pulsões, desejos e o "material" reprimido ao longo da vida do indivíduo. A psicanálise atribui um papel central à sexualidade. Nós seríamos o resultado de nossa história, marcada por uma sexualidade (eternamente) insatisfeita, sempre à procura de satisfações imaginárias. O inconsciente desconhece valores morais, o que torna nossa psique um campo de batalha constante entre desejo e censura.

As ideias de Karl Marx, Friedrich Nietzsche e Sigmund Freud foram determinantes na definição dos rumos da cultura e do pensamento ocidentais a partir do século XX.

FRAGMENTOS:

A alienação aparece tanto no fato de que *meu* meio de vida é de *outro*, que *meu* desejo é a posse inacessível de *outro*, como no fato de que cada coisa é *outra* que ela mesma, que minha atividade é *outra coisa*, e que, finalmente (e isto é válido também para o capitalista), domina em geral o poder desumano. A destinação da riqueza esbanjadora, inativa e entregue ao gozo, cujo beneficiário *atua*, de um lado, como um indivíduo somente *instável*, que desperdiça suas energias, que considera o trabalho escravo alheio — o *suor sangrento* dos homens — como presa de seus apetites e que, por isso, considera o próprio homem (e com isto a si próprio) como um ser sacrificado e nulo [...], esta destinação encara a efetivação das *forças* humanas *essenciais* apenas como efetivação de sua não essência, de seus humores, de seus caprichos arbitrários e bizarros.

Marx, *Manuscritos econômico-filosóficos*, 3.º Manuscrito, XX.

Toda vida social é essencialmente *prática*. Todos os mistérios, que induzem às doutrinas do misticismo, encontram sua solução racional na *praxis* humana e no compreender dessa *praxis*.

Marx, *Teses contra Feuerbach*, 8.

O intelecto, como um meio para a conservação do indivíduo, desdobra suas forças mestras no disfarce; pois este é o meio pelo qual os indivíduos mais fracos, menos robustos, se conservam, aqueles aos quais está vedado travar uma luta pela existência com chifres ou presas aguçadas. No homem essa arte do disfarce chega a seu ápice; aqui o engano, o lisonjear, mentir e ludibriar, o falar-por-trás-das-costas, o representar, o viver em glória de empréstimo, o mascarar-se, a convenção dissimulante, o jogo teatral diante de outros e diante de si mesmo, em suma, o constante bater de asas em torno dessa *única* chama que é a vaidade, é a tal ponto a regra e a lei que quase nada é mais inconcebível do que como pôde aparecer entre os homens um honesto e puro impulso à verdade.

Nietzsche, *Sobre verdade e mentira no sentido extramoral*, § 1.

Enquanto toda moral nobre brota de um triunfante dizer-sim a si próprio, a moral de escravos diz não, logo de início, a um "fora", a um "outro", a um "não mesmo": e *esse* "não" é seu ato criador. Essa inversão do olhar que põe valores — essa direção *necessária* para fora, em vez de voltar-se para si próprio — pertence, justamente, ao ressentimento [...].

Nietzsche, *Para a genealogia da moral*, 1.ª dissertação, § 10.

... o que decide o propósito da vida é simplesmente o programa do princípio de prazer. Esse princípio domina o funcionamento do aparelho psíquico desde o início. Não pode haver dúvida sobre sua eficácia, ainda que o seu programa se encontre em desacordo com o mundo inteiro, tanto com o macrocosmo quanto com o microcosmo. Não há possibilidade alguma de ele ser executado; todas as normas do universo são-lhe contrárias. [...] O sofrimento nos ameaça a partir de três direções: de nosso próprio corpo, condenado à decadência e à dissolução, e que nem mesmo pode dispensar o sofrimento e a ansiedade como sinais de advertência; do mundo externo, que pode voltar-se contra nós com forças de destruição esmagadoras e impiedosas; e, finalmente, de nossos relacionamentos com os outros homens. O sofrimento que provém dessa última fonte talvez nos seja mais penoso do que qualquer outro.

Freud, *O mal-estar na civilização*, I.

O desejo inconsciente escapa a qualquer influência, é independente das tendências contrárias, ao passo que o consciente é atalhado por tudo quanto, igualmente consciente, se lhe opuser.

Freud, *Cinco lições de psicanálise*, 5.ª lição.

MACHADO DE ASSIS – VIDA E OBRA

Joaquim Maria Machado de Assis nasceu no Rio de Janeiro, em 21 de junho de 1839. Seu pai era neto de escravos, e a família vivia agregada numa quinta no morro do Livramento, sob a proteção de uma viúva rica, que se tornou madrinha do escritor. Aos dez anos, o menino ficou órfão de mãe. Dois anos depois, perdeu também o pai e passou a viver com a madrasta, com quem aprendeu, na própria chácara, as primeiras letras, enquanto trabalhava vendendo doces. Aos quinze anos, arranjou emprego como aprendiz de tipógrafo e publicou seus primeiros versos na revista *Marmota Fluminense*. Ainda adolescente saiu da chácara e mudou-se para a cidade, exercendo as atividades de jornalista, autor de peças, tradutor e crítico teatral.

O "menino miserável do morro" estava destinado a superar, pelo talento e pelo esforço, a barreira da classe social e a situação de dependente que vitimava os homens livres em nosso país atrasado, onde ainda se praticava a escravidão. Aos 27 anos, Machado ingressou na burocracia, passando a trabalhar no *Diário Oficial*. Logo depois, casou-se com Carolina Augusta Xavier de Novais, irmã de um poeta português seu amigo. A partir daí, Machado também conquistou seu lugar na literatura, produzindo contos, romances, poemas, crônicas e ensaios. No final do século XIX, já reconhecido como o maior escritor do país, fundou a

Academia Brasileira de Letras, que presidiu até morrer, em 29 de setembro de 1908.

A primeira fase da obra de Machado de Assis vai até 1880 e compreende os romances *Ressurreição*, *Helena*, *A mão e a luva* e *Iaiá Garcia*, aos quais se somam *Contos fluminenses* e *Histórias da meia-noite*. Segundo a crítica Lúcia Miguel Pereira, essas obras têm um caráter autobiográfico: o autor teria projetado em suas heroínas de origem humilde, mas dotadas de ambição e talento, os conflitos de sua própria ascensão social. O desejo de se elevar concorre com as "leis do coração". A situação de inferioridade deixa as personagens num impasse entre o orgulho e a submissão, entre a sinceridade e a máscara.

A mentira, o egoísmo e a traição são desde a fase romântica os temas mais comuns de Machado de Assis. Os personagens que se dão bem na vida são os que respeitam as convenções, sabendo que o homem é feito de duas naturezas, de duas metades, e que "a natureza social é tão legítima e imperiosa quanto a outra".

O que ocorre a partir do romance *Memórias póstumas de Brás Cubas*, marco inicial da segunda fase do escritor, é que a hipocrisia passa a conviver com o cinismo. E o humor, indissociável do pessimismo, substitui o olhar ingênuo e conciliador da primeira fase. É o que se vê nos romances maduros que, à exceção de *Quincas Borba* e de *Esaú e Jacó*, são narrados em primeira pessoa, com uma estrutura feita de saltos e reviravoltas. Em *Memórias póstumas*, *Dom Casmurro* e *Memorial de Aires*, os protagonistas que contam as histórias pertencem à classe dominante e chegam ao descaramento na hora de relatar suas mentiras e leviandades.

Durante muito tempo, os críticos enfatizaram a origem humilde e as dificuldades enfrentadas por Machado de Assis em sua brilhante

O escritor Machado de Assis e sua esposa Carolina, saindo de um veículo, na cidade do Rio de Janeiro, no início do século XX.

carreira. Entretanto, os estudos mais recentes têm destacado a sua proximidade, desde o berço, com a cultura da classe dominante, em virtude da sua íntima ligação com uma família de proprietários. Um dado importante é que havia outros mestiços de origem humilde ocupando lugares de prestígio no Brasil do Segundo Reinado, não se devendo estranhar, portanto, a ascensão regular e constante de Machado na carreira burocrática. Um dos seus principais biógrafos e pesquisadores, o francês Jean-Michel Massa, põe em dúvida inclusive a gagueira e a epilepsia do escritor, pois durante toda a juventude ele teve uma presença muito intensa na sociedade, lutando não apenas por sua afirmação literária, mas pela própria criação da vida cultural no Rio de Janeiro.

Machado de Assis nunca saiu de sua terra natal e não se cansava de lhe fazer louvações, como se vê desde a sua poesia inicial, especialmente o livro *Americanas*. Nos contos e romances, desenha-se a topografia da cidade colonial, transformada em corte após a vinda da família real portuguesa e remodelada, um século depois, pela reforma *art nouveau* do prefeito Pereira Passos. Machado lamentou a destruição da antiga cidade, comprimida entre os morros do Castelo e o de São Bento, com suas ruas estreitas: rua Direita, rua do Ouvidor, rua São José, praça da Constituição, largo da Carioca... Era o Rio por onde circulava o "bruxo do Cosme Velho", que também morou na Lapa, nas Laranjeiras e no Catete — ruas e bairros que ele pinta e nomeia com paciência.

Tudo isso contraria outra opinião infundada, bastante comum entre os críticos de antigamente, segundo a qual Machado teria sido um escritor pouco brasileiro. Se a paisagem do país não figura em sua obra com as tintas patrióticas do Romantismo, isso não quer dizer que ele não a amasse ou retratasse. Ultrapassando a mera descrição de lugares e costumes do Brasil, o que ele defendia era o *instinto de nacionalidade*, expressão presente no título de um famoso artigo de 1873: "O que se deve exigir do escritor, antes de tudo, é certo sentimento íntimo, que o torne homem do seu tempo e do seu país, ainda quando trate de assuntos remotos no tempo e no espaço". Ao estudar a obra

Rua Primeiro de Março (antiga rua Direita), no Centro do Rio de Janeiro, em 1890.

de Machado, Roger Bastide identificou bem essa "paisagem interiorizada", muito mais profunda que o registro toponímico ou que a pintura exótica da natureza tropical. Os próprios personagens encarnam o mar, o calor e a voluptuosidade das noites cariocas, o que fez o sociólogo francês apontá-lo como "um dos maiores paisagistas brasileiros".

Processo semelhante ocorre nas complexas relações de Machado de Assis com a história do país. Sua vida transcorre durante o reinado de D. Pedro II (1840–1889) e nos inícios da República, tendo sido ele um minucioso cronista dessa época de transição, conforme já foi observado pela crítica. Em suas páginas, há inúmeras referências a fatos e figuras históricas. No ensaio "Romancista do Segundo Reinado", de 1939, Astrojildo Pereira traça um paralelo entre a obra do escritor e a evolução política e social do Brasil. O livro *Machado de Assis: a pirâmide e o trapézio*, de Raymundo Faoro, é um levantamento dos tipos sociais

existentes no Brasil entre o Império e a República, baseado nos textos de Machado. À luz das referências históricas, John Gledson também propôs novas interpretações da literatura machadiana.

Entretanto, mais importante que a comprovação do valor documental e a identificação de acontecimentos reproduzidos ou cifrados na obra é a percepção de como Machado representa em seus livros a nossa sociedade escravista e patriarcal. Segundo o crítico Roberto Schwarz, o escritor atingiu uma compreensão aguda da nossa realidade, revelando as contradições dos proprietários, que se beneficiavam da escravidão e do atraso social ao mesmo tempo que defendiam as ideias liberais importadas da Europa. Nesse sentido, a brasilidade de Machado não depende do registro das circunstâncias locais, nem é anulada pelo caráter universal de sua obra. Da soma de todos esses elementos é que teria vindo, aliás, a originalidade de sua visão da história e da sociedade.

(*Ivan Marques*)

Vista panorâmica do Rio de Janeiro em 1880, em imagem do fotógrafo Marc Ferrez, feita do alto do morro do Corcovado.

REFERÊNCIAS BIBLIOGRÁFICAS

SOBRE MACHADO DE ASSIS:

ASSIS, Machado de. *Contos, uma antologia* (org. John Gledson). São Paulo: Companhia das Letras, 1998 (2 volumes).

_____. *Esaú e Jacó*. Rio de Janeiro: Garnier, 1988.

_____. *Memórias póstumas de Brás Cubas*. Rio de Janeiro: Garnier, 1988.

_____. *Quincas Borba*. Rio de Janeiro: Garnier, 1988.

ANDRADE, Mário de. "Machado de Assis". In: *Aspectos da literatura brasileira*. São Paulo: Martins, 1974.

BASTIDE, Roger. "Machado de Assis, paisagista". In: *Teresa: revista de literatura brasileira*, 6/7. São Paulo: Ed. 34/Imprensa Oficial, 2006.

BOSI, Alfredo. *O enigma do olhar*. São Paulo: Ática, 1999, v. 1.

CANDIDO, Antonio. "Esquema de Machado de Assis". In: *Vários escritos*. São Paulo: Duas Cidades, 1977.

CARPEAUX, Otto Maria. "Uma fonte da filosofia de Machado de Assis". In: *Ensaios reunidos*. Rio de Janeiro: Topbooks/UniverCidade, 1999, v. 1.

FACIOLI, Valentim. *Um defunto estrambótico: análise e interpretação de Memórias póstumas de Brás Cubas*. São Paulo: Nankin, 2002.

FAORO, Raymundo. *Machado de Assis: a pirâmide e o trapézio*. São Paulo: Globo, 2001.

GLEDSON, John. "Os contos de Machado de Assis: o machete e o violoncelo". In: ASSIS, Machado de. *Contos, uma antologia. Op. cit.*

HOLANDA, Sérgio Buarque de. "A filosofia de Machado de Assis". In: *O espírito e a letra*. São Paulo: Companhia das Letras, 1996, v. 1.

MERQUIOR, José Guilherme. "Machado de Assis e a filosofia". In: *O elixir do apocalipse*. Rio de Janeiro: Nova Fronteira, 1983.

MEYER, Augusto. "O homem subterrâneo". In: *Ensaios escolhidos*. Rio de Janeiro: José Olympio, 2007.

NUNES, Benedito. "Machado de Assis e a filosofia". In: *No tempo do niilismo e outros ensaios*. São Paulo: Ática, 1993.

PEREIRA, Astrojildo. *Machado de Assis: ensaios e apontamentos avulsos*. Belo Horizonte: Oficina de Livros, 1991.

PEREIRA, Lúcia Miguel. *Prosa de ficção*. Belo Horizonte/São Paulo: Itatiaia/Edusp, 1988.

REALE, Miguel. "A filosofia de Machado de Assis". *Revista Brasileira*, n.º 44, jul-ago--set, 2005. Rio de Janeiro: Academia Brasileira de Letras. Disponível no *site* www.academia.org.br (acesso em 10/4/2008).

ROUANET, Sergio Paulo. "A forma shandiana: Laurence Sterne e Machado de Assis". In: *Teresa: revista de literatura brasileira*, 6/7. São Paulo: Ed. 34/Imprensa Oficial, 2006.

SCHWARZ, Roberto. "Duas notas sobre Machado de Assis". In: *Que horas são?* São Paulo: Companhia das Letras, 1987.

_____. *Um mestre na periferia do capitalismo*. São Paulo: Duas Cidades/Ed. 34, 2000.

SOBRE FILOSOFIA E AS FONTES DE MACHADO:

ARANHA, Maria Lúcia de Arruda & MARTINS, Maria Helena Pires. *Filosofando: introdução à Filosofia*. São Paulo: Moderna, 1987.

A BÍBLIA de Jerusalém. São Paulo: Edições Paulinas, 1981.

BOTTÉRO, Jean. "L'Ecclésiaste et le problème du Mal". In: *Naissance de Dieu*. Paris: Gallimard, 1992.

CHÂTELET, François (org.). *História da Filosofia: ideias, doutrinas*. Rio de Janeiro: Zahar, 1982 (8 volumes).

CHAUI, Marilena. *Convite à Filosofia*. São Paulo: Ática, 1995.

CHAUI, Marilena et al. *Primeira Filosofia*. São Paulo: Brasiliense, 1984.

DARWIN, Charles. *Origem das espécies*. Trad. Eugênio Amado. Belo Horizonte: Itatiaia, 2002.

FREUD, Sigmund. *Freud*. Coleção "Os Pensadores". São Paulo: Abril, 1978.

MAQUIAVEL, Nicolau. *Maquiavel*. Coleção "Os Pensadores". São Paulo: Abril, 1979.

MARX, Karl. *Marx*. Coleção "Os Pensadores". São Paulo: Abril, 1978.

MONTAIGNE, Michel de. *Montaigne*. Coleção "Os Pensadores". São Paulo: Abril, 1972.

NIETZSCHE, Friedrich. *Nietzsche*. Coleção "Os Pensadores". São Paulo: Abril, 1983.

PASCAL, Blaise. *Pascal*. Coleção "Os Pensadores". São Paulo: Abril, 1984.

PRÉ-SOCRÁTICOS. Coleção "Os Pensadores". São Paulo: Abril, 1978.

SCHOPENHAUER, Arthur. *Schopenhauer*. Coleção "Os Pensadores". São Paulo: Abril, 1980.

SEXTUS EMPIRICUS. *Outlines of Pyrronism*. London: William Heinemann, 1976.

Ivan Marques é doutor em Literatura Brasileira e professor da Universidade de São Paulo. Foi diretor do programa *Entrelinhas* e editor-chefe do programa *Metrópolis*, ambos da TV Cultura de São Paulo. Na mesma emissora, realizou documentários sobre literatura, como "Versos diversos: a poesia de hoje", "Orides: a um passo do pássaro" e "Assaré: o sertão da poesia". Tem artigos publicados em livros, jornais e revistas.

Angelo Abu nasceu em Belo Horizonte, em 1974. Depois de estudar psicologia e se formar em Cinema de Animação, acabou indo rumo à sua predileção, a Literatura. Para a Scipione, ilustrou *Alberto – do sonho ao voo*; *Teiniaguá, a princesa moura encantada*; *Dom Casmurro* e *O mercador de Veneza*.

ESTE LIVRO FOI IMPRESSO EM PAPÉIS PÓLEN BOLD
E COUCHÉ MATTE, EM 2008, ANO DO CENTENÁRIO
DA MORTE DE JOAQUIM MARIA MACHADO DE ASSIS.